JN261943

天使たちのたんじょう会

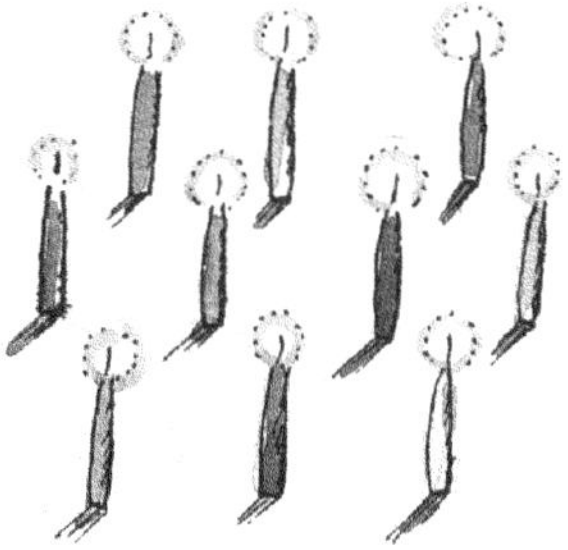

宮川ひろ・作
ましませつこ・絵

はじめに

ぼくのなまえは、水木哲平《みずきてっぺい》といいます。

ミズキという、かおりのいい木で、とうさんがつくってくれた人形《にんぎょう》です。赤《あか》ちゃんほどもある、大きな人形です。

とうさんは、こけしをつくっている職人《しょくにん》さんなんです。とうさんのはじめての子ども、正子《まさこ》ちゃんをまちながら、ぼくをつくってくれました。

元気《げんき》な赤《あか》ちゃんが生《う》まれてくれますようにという、ねがいをしょって、ぼくは、とうさんの手の中から生まれてきました。〈水木哲《みずきてっ》平《ぺい》〉の水木《みずき》は、ミズキからもらったものです。

それからまもなく、正子《まさこ》ちゃんが生《う》まれました。いまから四十年あまりも、むかしのことです。

正子《まさこ》ちゃんは、東京《とうきょう》の町《まち》へでて、小学校の先生になりました。

そのときぼくもいっしょについてきて、ずっと正子ちゃんの教室《きょうしつ》でくらしています。

正子《まさこ》ちゃんには、子どもたちがつけたあだながあります。サトパン先生です。正子ちゃんはこのあだなを、けっこう気にいっているようです。

ぼくも、正子《まさこ》ちゃんというなまえを、わすれてしまうほど、サトパン先生というよびかたに、したしんでしまいました。

もしかしたら、ぼくのことをしっていてくれる人《ひと》も、いるかなとおもうんですが……。ほら、『天使《てんし》のいる教室《きょうしつ》』という本《ほん》の中で、病気《びょうき》のあきこちゃんと、そのなかま一年二組を、ずっとみつめてきた、人形《にんぎょう》の哲平《てっぺい》です。『天使たちのカレンダー』という本の中でも〈のびのび学級《がっきゅう》〉の友《とも》だちのことを、いっぱいおしゃべりしてきました。

『天使《てんし》のいる教室《きょうしつ》』のあきこちゃんは、一年生の二学期《がっき》、十二月十日《とおか》に、お星《ほし》さまになってしまったんです。でも、一年二組の友《とも》だちは、それからも、あきこちゃんのたんじょう会《かい》を、つづけています。ずっとつづけていくのだとも、いっているのです。

その話《はなし》をさせてもらいたいのですが……きいてもらえますか――。

もくじ

たんじょう会《かい》のはじまったわけ

それは、二年生の二学期《がっき》をむかえて、すぐのころでした。

「あきこちゃんのご命日《めいにち》には、みんなで思《おも》い出《で》をかたる会《かい》をしようよ。」

そういったのは、ゆりちゃんです。

「命日《めいにち》なんてやだよ。あきこちゃんはいまも、ぼくたちの中に、生《い》きているじゃあないか。たんじょう会《かい》ならいいけどね。」

大介《だいすけ》くんが、口をとがらせていったんです。

「そうか、たんじょう会《かい》ね。そのほうがいいわ。」

ゆりちゃんが一ばんにさんせいして。

「そうよ、たんじょう会《かい》よ。」

「たんじょうかい、たんじょうかい。」

みんながそういって、たんじょう会《かい》になりました。

あきこちゃんのたんじょう日《び》は、十月二十八日です。

第一回《だいいっかい》のたんじょう会《かい》は、はじめてだし、まだ二年生だったから、やりたい気もちだけがいっぱいで、うまくはこべません。担任《たんにん》のサトパン先生にたすけられながら、すすめました。

「たんじょう会《かい》には、あきこちゃんのおとうさんと、おかあさんと、妹《いもうと》のなおこちゃんも、よぼうよ。」

そういいだしたのは、だれだっただろうか。みんなが、そうおもっていたのかもしれません。

「あったりまえだろう。」

大介《だいすけ》くんがいいきったのでした。そのとき、

「ちょっと、ちょっと、まってよ。」

と、サトパン先生が声《こえ》をあげました。

「あきこちゃんは、お星《ほし》さまになってしまったのよ。元気《げんき》で大きくなっているみんなをみるのは、おつらいことじゃあないかな。みんなの、おとうさんおかあさんのかんがえも、きいてきてちょうだい。それからきめようよ。」

サトパン先生は、そういいました。

あきこちゃんの家《いえ》は、奈良《なら》というとおいところです。小児《しょうに》ガンという重《おも》い病気《びょうき》で、東京《とうきょう》の病院《びょういん》で、きびしい治療《ちりょう》をうけました。退院《たいいん》はできたのですが、病院へはかよいつづけなければなりません。そこで、病院のちかくにアパートをかりて、ここ〈かえで小学校〉の一年生になったのでした。

おかあさんは、あきこちゃんにつきそって、まいにちのように教室《きょうしつ》へみえました。そして一年二組のみんなと、なかよしになってくれました。妹《いもうと》のなおこちゃんだって、一年二組のなかまのようなものです。おとうさんも、仕事《しごと》のあいまに上京《じょうきょう》してきて、そのたびに教室をのぞいて、みんなとよくあそんでくれました。

「てっぺい、よんだっていいよなあ。」

大介《だいすけ》くんは、ぼくの手をにぎって、ぷーっと、ほおをふくらませてかえっていきました。

ぼくには、大介《だいすけ》くんの気もちも、よくわかります。サトパン先生のことばも、もっともとおもいました。どうすればいいのでしょう。

ゆりちゃんのおかあさんも、大介《だいすけ》くんのおかあさんも、みんな「およびするのは、どうしたものかしらね」と、首《くび》をかしげたようです。

「てっぺい、おとなってつまんないよなあ。」

大介《だいすけ》くんは、ぼくをひざにおいて、がっかりした声《こえ》です。

あきこちゃんにはもうあえないから、せめて、あきこちゃんのおとうさんや、おかあさんにあいたい。みんなそんなおもいでいるのです。そこが、わかってもらえないくやしさを、ぼくにだけぶっつけてきます。

「ねえ、きてくださいではなくてさ。〈たんじょう会《かい》をして、あきこちゃんを、いっぱいおもいだします〉って、おしらせならどう？」

ゆりちゃんが、いったんです。

「そうだよ。おしらせならな。」

「おしらせならいいよ。」

みんな、ゆりちゃんのおもいつきをよろこんで、サトパン先生にきいてみました。

「そうね、おしらせならいいかな。」

サトパン先生も、さんせいしてくれました。その手紙《てがみ》は、みんなでかくことにきまって、サトパン先生から、色画用紙《いろがようし》をもらいました。

まんなかに、〈あきこちゃん、八さいのおたんじょう日《び》おめでとう。二年二組の教室《きょうしつ》で、たんじょう会《かい》をひらきます〉とかきました。

そのまわりにことばと絵もかきました。なまえもかきました。大介《だいすけ》くんは、ぼくの顔《かお》となまえまでかいて、なかまにしてくれたんです。それを大きなふうとうにいれて、ポストにいれました。

「てっぺいよ、ぼく画用紙《がようし》のはしのほうにね〝よかったらきてください〟

って、かいちゃった。ナイショだぞ。」

大介《だいすけ》くんは、ぼくにナイショの声《こえ》でいいました。

あきこちゃんの、おとうさんとおかあさんから、へんじがきたのは、それから五日《いつか》めの月曜日《げつようび》でした。四時間《じかん》めの体育《たいいく》がおわって、きがえがすんだとき、サトパン先生が、はがきを手にして、教室《きょうしつ》へはいってきました。

「あきこちゃんのおとうさんから、ごへんじです。」

サトパン先生は、はがきをひらひらさせながら、にこにこ顔《がお》です。

「どんなへんじ。」

みんな、わあっと先生をかこみました。ぼくだってどきどきしています。

「よみまーす。」

サトパン先生は、はずんだ声《こえ》でよみはじめました。

お手紙《てがみ》、ありがとうございました。たんじょう会《かい》をしてくれるというのがうれしくて、みなさんからのお手紙《てがみ》を部屋《へや》のかべにはって、ながめています。みなさん、ひとりひとりの顔《かお》をおもいうかべています。あきこも、わたしたちの心《こころ》の中で、元気《げんき》に二年生になっています。その日《ひ》は、かぞくみんなでうかがいます。てっぺいくんのいる、二年二組の教室《きょうしつ》へいける日《ひ》を、たのしみにしています。

よみおわるのといっしょに、ばんざいの声《こえ》がはじけました。ぼくのなまえまででてきたから、びっくりです。

「てっぺい、ぼくの手紙《てがみ》が、おじさんにちゃんととどいたね。」

大介《だいすけ》くんは、うれしそうに、また、ナイショの声《こえ》でいいました。

放課後《ほうかご》の教室《きょうしつ》で、サトパン先生は、ひさしぶりにぼくをだきあげると、

「てっぺい、おとうさんからのお手紙《てがみ》、きいた。心《こころ》のうちで、あきこも二年生になっていますって……よその子は、みんな元気《げんき》で大きくなっているのに、どうしてあきこだけが、あんないい子がって、何回《なんかい》もおもわれたでしょうにね。せつないけれど、ずっとそだてていてくださるのよね。すごいな……。いいたんじょう会《かい》にしなければね。」

と、しみじみとはなしてくれたのでした。

こうして、あきこちゃんのたんじょう会《かい》は、はじまりました。

この年《とし》一回《かい》だけのことかと、ぼくはおもっていたのですが、三年生にな

って、きょうが二回めのたんじょう会《かい》でした。

三年になると、クラスがえもあったし、担任《たんにん》の先生だってかわりました。

サトパン先生とぼくは、また一年二組です。

そのサトパン先生の教室《きょうしつ》へ、みんなよってきて、たのしくやりました。司会《しかい》もあいさつも、みんな自分《じぶん》たちでやって、大きくなったなあって、ぼくは胸《むね》をあつくしています。

ことしも、あきこちゃんのごかぞくも、そろってでかけてくれました。

あきこちゃんのおかあさんが、あきこちゃんが赤ちゃんだったころのことなど、はなしてくれました。ぼくはいま、みんながかえってしまった、しずかな教室《きょうしつ》で、おかあさんの話《はなし》を、おもいだしています。

第《だい》二回《かい》・九さいのたんじょう会《かい》で おかあさんのお話《はなし》

たんじょう会《かい》は、プログラムどおりにすすみました。みんな、ひとことずつ、ちゃんとはなしてくれました。思《おも》い出《で》や、ことしがんばったことや、しっぱいした話《はなし》もでて、とてもしぜんに、あきこちゃんの写真《しゃしん》にむかって、かたりかけてくれました。

そしてさいごに、おかあさんが、あきこちゃんが、赤ちゃんだったころの話《はなし》をしてくれました。

――あきこはね、わたしのおなかの中にいるときから、とても元気《げんき》な子だったんですよ。おなかの中でもよくうごいて、くすぐったくってね。生《う》まれてくる日がちかくなると、もうおなかをけって、手や足がとびだしてくるのではないかって、しんぱいするほどでした。

予定日《よていび》はね、十月二十二日だったんですがなかなか生《う》まれてくれなくて、さんぽしたり、台所《だいどころ》をみがいたり、庭《にわ》の草《くさ》をぬいたりと、おもい体《からだ》をうごかしました。

十月二十七日の夜中《よなか》に、いよいよおなかがいたくなって、入院《にゅういん》して、二十八日の午前《ごぜん》八時《じ》三十八分《ぷん》、大きな声《こえ》で泣《な》いて生《う》まれてくれました。ろうかでまっていたおとうさんのところまで、はっきりときこえたんですって。

二日《ふつか》めに、はじめておっぱいをあげました。だっこして、おっぱいを口もとまでもっていってやるとね、ほわほわっとさぐるように、口をあけてすいついて、ちゅうちゅうとすってくれました。

だれがおしえたのでもないのに、ちゃんとすえるんですものね、ふしぎでした。生《う》まれたばかりの赤ちゃんに、おしえるとしたらたいへんなことだけれど、よかったなんておもったりね。

でも、はじめは、おかあさんも赤ちゃんもうまくなくてぎこちなくて、でも、どっちもだんだんじょうずになってね、むしゃぶりつくようにすいついて、ごっくんごっくんのんでくれて、たまってたおっぱいをきれいにのみほしてくれるの。おっぱいをあげるたびに、かわいさがましてね、「この子はわたしの子どもよ」っていう、しあわせなおかあさんの気もちになってくるの――

みんな、じっときいていました。じぶんが赤《あか》ちゃんだった日のことを、はなしてもらっている気ぶんです。口をすぼめて、おっぱいを

のんでいるような、かわいい顔《かお》になっていました。

――なまえはね、おとうさんといっしょにかんがえて、よびやすくてかきやすくて、へんにこらないでって〈明子《あきこ》〉になりました。

四か月めのころかな、声《こえ》をだしてわらえるようになって、九か月には手をあげてバイバイができてね、おとうさんがでかけるときには、駅《えき》までおくっていって、いってらっしゃいのバイバイができたんです。

電車《でんしゃ》がすきになったのは、このころからです。ベビーカーでさんぽにでかけると、ウーウーって、ことばにならない声《こえ》をだして、電車のほうへいけっていうんです。ちかくに小さなふみきりがあるので、そこへいこうとすると、またおこってね、駅《えき》のふみきりへいけっていうの。

駅《えき》のふみきりは大きくて、あくのをまっている人《ひと》が、おおぜいいるでしょう、おおぜいの中で電車《でんしゃ》をみるほうが、うれしいようでした。小さかったあきこは、そこでふみきりがあくのをまっている人たちがね、みんな電車をみにきている人だって、おもっていたのかもしれません。電車をまつあいだは、だっこしてくれっていうの。だっこのほうが目が高《たか》くなるでしょう。そこで、ごきげんな顔《かお》で電車に手をふりました。

すぐかえろうとすると、またおこってね、のぼりくだりの電車《でんしゃ》を何本《なんぼん》もみおくって、それからかえるのでした――

みんなから、わらい声《ごえ》がおこりました。だっこして電車《でんしゃ》に手をふっている、小さいあきこちゃんが、みんなの目にうつっているのです。

――妹《いもうと》のなおこが生《う》まれたのは、あきこが二さいになったときです。

なおこが生《う》まれるすこし前《まえ》に、おばあちゃんが、大きな人形《にんぎょう》をつくってくれてね。

「あきこちゃんの赤ちゃんよ、小さくなった洋服《ようふく》、かしてあげていいかな。」

ベビーだんすに、しまってあったものをひろげて、あきこにえらばせました。

「みんなかしてあげる、あっこはおねえちゃんだもの」って、ものわかりよくてね、人形《にんぎょう》にきせてあげて、きがえもさせてあそびながら、おねえ

ちゃんになれるれんしゅうをしました。そのせいか、妹《いもうと》が生《う》まれてきても、あまりやきもちをやくこともなくて、とてもしぜんに、おねえちゃんになってくれたのよ――

「あきこちゃんって、小さいときからやさしかったんだね。」

大介《だいすけ》くんがいいました。みんな、うんうんとうなずいています。

――三つのお祝《いわい》のとき、わたしは、洋服《ようふく》でおまいりさせればいい、こんな小さな子に、着物《きもの》をきせるなんて、かわいそうっておもっていました。でも、おばあちゃんは、どうしてもきせたいっていうし、おとうさんも、きせたいようだったのね。「あきこはどっちがいい?」そういってきいたらね、おばあちゃんとおとうさんと、わたしの顔《かお》をひとりずつみつめてから、「あっこ、着物《きもの》にする」ですって。おばあちゃんとおとうさんのねがいを、かなえてあげたいっておもったみたいなの。

着物《きもの》でおまいりして、写真《しゃしん》をうつしました。あきこの着物の写真は、それが一まいだけ。とってもおねえちゃんの顔《かお》になって、うつっているんですよ――

それでもう、きまり。三つのお祝《いわい》は、

おかあさんのお話《はなし》は、そこでおわりました。それからまもなく、病気《びょうき》になったんでしょうか。元気《げんき》だった日のことだけを、かたってくれました。おかあさんは、元気《げんき》だった日の、いろいろな顔《かお》をおもいだしながら、うれしそうにはなしてくれたのですが、にじんでくる涙《なみだ》にほおをぬらしながらでした。

ききおえても、しばらくは、みんなでじっとしたままでした。それからおもいだしたように、手をたたきました。いっぱいたたきました。サトパン先生は、いつまでもハンカチを目にあてたままでした。

夜《よる》の校舎《こうしゃ》はしずかです。ひるまにぎやかだから、夜のしずかさは、いっそう深《ふか》くなります。この夜の教室《きょうしつ》が、ぼくはすきです。

教室《きょうしつ》には、たんじょう会《かい》のぬくもりが、まだほこほことのこっていました。「いい会《かい》だったなあ、よくやったよ」と、ぼくがつぶやいたときです。

まどのカーテンのすきまが、ぽっとあかるくなったような気がしました。

「てっぺいくん」

まどがあいたようすもないのに、あの、あきこちゃんが、ぼくをよびながらはいってきたのです。

「あきこちゃん！」

ぼくは、おもわず大きな声《こえ》でよびかけていました。ぼくは人形《にんぎょう》だから、

声はでないんです。心《こころ》の中で、ぶつぶつとおしゃべりしているだけなんです。

それが、どういうわけか、声《こえ》がでていました。あきこちゃんに、きこえている声です。

あきこちゃんは、一年二組のときの、あの一ばんまえのせきへ、しぜんにすわっていました。

「たのしかったね、みんなのお話《はなし》さ。おかあさんたら、あんなことはなすんだもの。はずかしかった」

そんなことをいいながら、なつかしそうにつくえをさすっているんです。

「あきこちゃん、きてたの。それなら、あきこちゃんもはなせばよかったのに。」

ぼくは声をだして、ちゃんとあきこちゃんと、はなしていました。

「きてたわよ、でもみんなにはみえないの。夜《よる》になって、てっぺいくんひとりになったからみえるのよ。お話《はなし》もできるの。ありがとう。」

あきこちゃんの、ちょっと首《くび》をかしげた、はにかんだようすの、はなしかたです。

「げんきそうだね、よかった。」

ぼくはいっぱいはなしたくて、あせっていました。それなのにあきこち

やんは、

「また、らいねんのたんじょう会《かい》にね。」

そういうと、きえるようにみえなくなって、もとの、しずかでくらい教《きょう》室《しつ》に、ぼくだけがすわっていました。

夢《ゆめ》をみたのでしょうか。ほんとうに、あきこちゃんがきてくれたのでしょうか。ぼくはしゃべれたのでしょうか……。いまぼくの口はとじられたままなんですが。

ふしぎな夜《よる》でした。

あきこちゃんのなつかしい声《こえ》が、ぼくの耳《みみ》には、いまもはっきりのこっています。

十さいのたんじょう会《かい》

1　じゅんび

あの、一年二組が、四年生になりました。よしおくんがひっこしで、転《てん》校《こう》していきました。ちょっとさびしくなったけれど、みんな元気《げんき》です。教室《きょうしつ》は三がいです。

サトパン先生はもちあがりの二年二組、教室《きょうしつ》は二かいになりました。

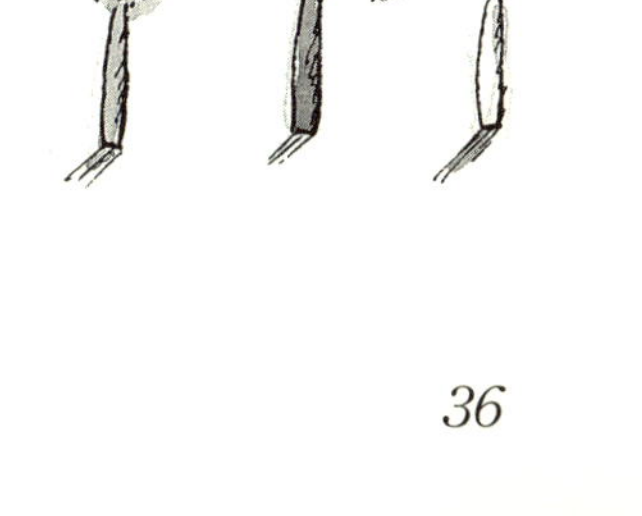

むかしの一年二組は、何《なに》かにつけてここ二年二組の教室《きょうしつ》へやってきます。

「てっぺいに、あいにきたんだよ。」

そんなことをいってもらうと、やっぱりうれしくなります。

入学《にゅうがく》したころは、ランドセルが大きすぎて、かわいそうにさえみえたのに、ぐんと大きくなりました。あどけなかった顔《かお》が、少年少女《しょうねんしょうじょ》の、ひきしまった顔になっています。

四年生になって、一ばんにきめたことは、〈あきこちゃんのたんじょう会《かい》〉の、実行委員《じっこういいん》でした。この役《やく》は、とても人気《にんき》があって、なりたい人がおおいようです。きめるのにいつもひとくろうでした。ことしは、じゃんけんできめることにしたようです。

きょうは、サトパン先生は午後《ごご》から出張《しゅっちょう》で、るすなのに、からっぽの教室《きょうしつ》へやってきました。

「いいよ、てっぺいくんにみててもらおう。」

なんて、ぼくの前《まえ》でじゃんけんがはじまりました。

「わー。」

勝《か》ちのこった四人《にん》の、かんせいです。

大介《だいすけ》くん、ゆりちゃん、あやちゃん、おさむくん、この四人《にん》が、〈あきこちゃんの十さいのたんじょう会《かい》〉の実行委員《じっこういいん》です。

「やっとなれたね。」

「がんばろうね。」

四人《にん》は手をくんで、ちょんちょんととびはねながら、よろこんでいます。

かんがえてみれば、あきこちゃんといっしょにすごしたのは、一年生の一学期《がっき》だけです。九月のすえには再入院《さいにゅういん》になって、それっきり、教室《きょうしつ》へでてくることはなかったのですから……。それなのに、あきこちゃんは、みんなの中に、しっかりと生《い》きています。

「うれしいこと、たのしいことがあると、病気《びょうき》をなおす力《ちから》が、体《からだ》にわいてくるんですって。うれしいことといっぱいの一年二組にして、あきこちゃんに、元気《げんき》になってもらおうね。おねがいね、たすけてね。」

サトパン先生は、入学式《にゅうがくしき》の日の教室《きょうしつ》で、そういいました。

どの子も、あきこちゃんがよろこぶことを、してあげたいとおもいました。たすけたいって、みんな、いっしょうけんめいつとめました。あきこちゃんもまた、それにこたえてがんばってくれたのです。

みんなの、そうしたおもいが、一年二組をなかよしクラスにそだててくれて、かたくかたくむすばれたのでした。

あきこちゃんが、お星《ほし》さまになってしまっても、一年二組のそのおもいはつづいています。

そして、いまでも、たんじょう会《かい》は、そのだいじなきずなになっているのです。

実行委員《じっこういいん》は、ときどき、ゆりちゃんの家《いえ》にあつまって「実行委員会《じっこういいんかい》」というのをやっています。ちょっと、おとなになった気ぶんのようです。

16 17 18 19 20 21 22
23 24 25 26 27 28 29
30 3

「てっぺいも、実行委員《じっこういいん》にいれようぜ。」

大介《だいすけ》くんはそんなことをいって、ぼくをつれていくんです。

「会費《かいひ》は二百円だからさ、どこの店《みせ》のあめやガムが安《やす》いか、みておこうぜ。」

「あきこちゃんちへだす、しょうたいじょうは、ゆりちゃんとあやちゃんでかいてね。」

一ばんたいへんなところは、にげておこうとする大介《だいすけ》くんでした。

「そんなのないわ、みんなでたのしいお手紙《てがみ》かこうよ。」

あやちゃんに注意《ちゅうい》されて「うんうん」と、小さくなっている大介《だいすけ》くんでした。

そのあとはゲームやトランプであそんで、実行委員会《じっこういいんかい》はまだ、おあそびいいんかいです。

夏《なつ》もすぎて、十月の第一土曜日《だいいちどようび》に、五回《かい》めの実行委員会《じっこういいんかい》をひらきました。あきこちゃんのたんじょう会《かい》は、もう目のまえです。この日も、ゆりちゃんの家《いえ》にあつまりました。ゆりちゃんのおかあさんは、ケーキづくりの名人《めいじん》です。それもめあてのようでした。

もうおあそびではまにあいません。ゆりちゃんがまとめ役《やく》になって、しっかりとすすめています。

「それでは、はじめます。これまでにきまったことを、たしかめておきます。」

日時《にちじ》　十月二十八日（土曜日《どようび》）
午後《ごご》二時~四時まで
会場《かいじょう》　二年二組　サトパン教室《きょうしつ》
会場《かいじょう》のかざりつけ
あきこちゃんの写真《しゃしん》を正面《しょうめん》にかざる
まわりに、スナップ写真もいっぱいかざる
お花　みんなが一本《ぽん》ずつもってきて、花のかごにいれる
係《かかり》（大介《だいすけ》、おさむ）
会費《かいひ》　二百円　十五日までにあつめる
おかし　二十二日に買《か》ってきて、ふくろづめ
係《かかり》（四人《にん》みんなで）

「会費《かいひ》は、おさむくんと大介《だいすけ》くんに、おねがい。いいですね。」

「オーケー。」

「おかしの買《か》いだしと、ふくろづめ、いいですね。」

「それがたのしみだよな。」

大介《だいすけ》くんは、それがうれしくて、実行委員《じっこういいん》になったようです。それだってたいへんなのになと、ぼくはおかしくなっていました。

「きょうは、プログラムをきめないとね。」

あやちゃんがいいました。

「そうね、ここに去年《きょねん》のプログラムがあるから、これを参考《さんこう》にしながら、きめていこう。」

ゆりちゃんは、一回《かい》、二回のプログラムを、ちゃんととっておきました。

プログラム

一　はじめのことば
二　サトパン先生からのお話《はなし》
三　つばさをください（歌《うた》　全員《ぜんいん》）
四　みんなから　ひとことずつ
五　ハッピー・バースデー（歌《うた》　全員《ぜんいん》）
六　あきこちゃんのおとうさん、おかあさんからのお話《はなし》
七　ぼくのひこうき（歌《うた》　全員《ぜんいん》）
八　おわりのことば

「ことしだって、こんなもんよね。」

ゆりちゃんがいうと、あやちゃんが、体《からだ》をのりだすようにしていいました。

「ねえ、ことしはさ、サトパン先生に絵本《えほん》をよんでもらわない？　みんな、一年二組にもどってきこうよ。絵本をよんでもらっているときの、あきこちゃんの顔《かお》がすきだった。あきこちゃんもよろこんでくれるとおもうし、わたしたちだって、ひさしぶりじゃあないの。」

あやちゃんの声《こえ》が、はずんでいます。

「うん、いいね。ぼくもさ、絵本《えほん》をよんでもらっているとき、あきこちゃんの顔《かお》をのぞきながら、きいてたんだ。うなずきながら、わらいながら、うれしそうにするんだよね。あきこちゃんがいっしょだと、絵本が何倍《なんばい》もおもしろかったよな。」

大介《だいすけ》くんも、なつかしそうにいいました。

「それでは、それをどのへんにいれる？　四ばんの、みんなからひとことずつの、そのあと、五ばんぐらいではどう？」

ゆりちゃんもさんせいして「絵本《えほん》のよみがたり(サトパン先生)」と、プログラムにかきこみました。

「てっぺいくん、これでいい？」

ゆりちゃんは、ぼくにまで、きまったプログラムをみせてくれました。

たんじょう会《かい》に絵本《えほん》をよんでもらったら、あきこちゃんもきっと、一ばんまえのせきへきて、きいてくれそうな気がします。

「そのこと、サトパン先生にたのんでくれるの、あやちゃんやってくれる。」

「いいわよ。」

「では、これでうちあわせは、おわりまーす。あとは、サトパン先生と、あきこちゃんのおとうさん、おかあさんに、しょうたいじょうをかいて、それでおしまいね。」

ゆりちゃんが、ほっとした顔《かお》でいいました。

「よしおくんには、手紙《てがみ》ださなくていいのかなあ。」

おもいだしたように大介《だいすけ》くんがいいました。

「そうよねえ。」

「だしたほうがいいよなあ。」

あやちゃんとおさむくんが、うなずいています。

「でもさあ、よしおくん遠《とお》いでしょう。手紙《てがみ》もらったらききたくなるし、いけないっておもったら、さびしくならない？」

ゆりちゃんは、そこまでかんがえたようです。

「手紙《てがみ》がこないほうが、もっとさびしくないか。よしおくんだって一年二組のなかまだぞ。」

大介《だいすけ》くんがいいました。

よしおくんは四年生になった四月に、宮城県《みやぎけん》の古川《ふるかわ》という町《まち》から、また車《くるま》で一時間《じかん》ほどはいったところへ、ひっこしていきました。よしおくんの家《いえ》はやおやさんでした。ちかくにできたスーパーマーケットにおされて、店《みせ》はうまくいかなくなりました。それでおとうさんのふるさと古川へ、ひっこしていってしまったのです。あちらの住所《じゅうしょ》をしらせるはがきがきただけで、それっきりたよりはないままです。

あきこちゃんがお星《ほし》さまになってしまったとき「あきこちゃんのおうちであそんだこと、わすれないからね」と、さいごの手紙《てがみ》をかいた、あのよしおくんです。

「やっぱりだそうよ。手紙《てがみ》はぼくがかく。」

大介《だいすけ》くんが、きっぱりといって、みんなもさんせいしました。

よしおくん、元気《げんき》にしてる。

あきこちゃんのたんじょう会《かい》が、もうすぐだけど、よしおくんでてこれるかなあ。

遠《とお》いからむりだよって、ゆりちゃんがいったけど、しらせるだけはな、一年二組のなかまだものな。ことしのたんじょう会《かい》には、サトパン先生に絵本《えほん》をよんでもらおうってきめたんだ。よしおくんもいっしょにきけたらうれしいな。でも、むりをしなくていいからな。しらせるだけは、しらせたかったんだよ。

日時　十月二十八日　二時~四時

会場《かいじょう》　かえで小学校　サトパン教室《きょうしつ》

十月三日

実行委員　おさむ　あや　ゆり　大介

あきこちゃんのおとうさんとおかあさん

なおこちゃんへ

三回《かい》めの、あきこちゃんの十さいのたんじょう会《かい》がやってきます。

わたしたちは、このたんじょう会《かい》がやれてうれしいです。あきこちゃんが、とてもやさしかったからです。がんばって、病気《びょうき》とたたかってみせてくれたからです。

ことしも、心《こころ》にのこるたんじょう会《かい》にしたいです。サトパン先生の絵本《えほん》のよみがたりもたのしみです。

きっときてくださいね。まっています。

日時《にちじ》　十月二十八日　二時~四時

会場《かいじょう》　かえで小学校　サトパン教室《きょうしつ》

十月三日　　あきこちゃんのたんじょう会《かい》　実行委員一同《じっこういいんいちどう》

サトパン先生へ

あきこちゃんの、たんじょう会《かい》がちかくなりました。また、たすけてください。

サトパン先生の一年二組へ、もどれるこの日が、とてもたのしみです。先生に絵本《えほん》をよんでいただこうと、みんなできめました。

よろしくおねがいします。

日時《にちじ》　十月二十八日　午後《ごご》二時～四時
会場《かいじょう》　サトパン先生の教室《きょうしつ》

十月三日　　あきこちゃんのたんじょう会《かい》　実行委員一同《じっこういいんいちどう》

三通《つう》の手紙《てがみ》には、プログラムもいれてとどけました。

あきこちゃんの家《いえ》からは、すぐ、出席《しゅっせき》のはがきがとどきました。サトパン先生も、絵本《えほん》をよんでくれるそうです。

でも、よしおくんからは、なんの返事《へんじ》もないままです。

「そっとしておこう、よしおくんだって、おしらせはうれしかったとおもうよ。」

サトパン先生が、実行委員《じっこういいん》の四人《にん》をなぐさめていました。

「やっぱりださないほうがよかったかなあ。」

大介《だいすけ》くんは、ぼくをだいてはなやんでいたのです。

ところが、二十七日の夜《よる》になって、よしおくんからの電話《でんわ》が、大介《だいすけ》くんのところにはいりました。

「大型《おおがた》トラックの運転手《うんてんしゅ》をしている、となりのおじさんに、東京行《とうきょうゆき》の仕事《しごと》がはいったので、のせてってもらえることになったんだ。こっちを朝はやくにたって、ひるごろには東京へつくって。池袋《いけぶくろ》の駅《えき》でおろしてもらえば、ひとりでいけるから。池袋からなら、電車《でんしゃ》で十分《ぷん》だものな。かえりは、新幹線《しんかんせん》のきっぷ買《か》ってもらったから。二十八日の夜《よる》はとめてもらえる？」

よしおくんは、ひとりでしゃべったようです。

「うん、とまれよな。とまれとまれ。まってるぞ。」

大介《だいすけ》くんは、はずんでこたえて電話《でんわ》をきりました。そして、サトパン先生にも、おさむくんにも、ゆりちゃんとあやちゃんにも、すぐしらせました。

「よしおがくるぞ、大型《おおがた》トラックにのってくるぞ、うちへとまるからな。」

大介《だいすけ》くんは、こうふんして電話《でんわ》をかけまくったそうです。ぼくは、あとになってききました。

2　あきこちゃん人形《にんぎょう》

ことしの十月二十八日は、学校《がっこう》はお休《やす》みの土曜日《どようび》です。ラッキー。あやちゃんがV《ブイ》サインをだしてよろこびました。

実行委員《じっこういいん》は、午前中《ごぜんちゅう》に会場《かいじょう》づくりです。委員ではない人《ひと》も、二、三人《にん》やってきて、手つだってくれました。「よしおがくるぞー」そのうれしさで、みんなくるくるとうごいています。

黒板《こくばん》は、サトパン先生が、あいぞめの大きな布《ぬの》を三枚《まい》もってきて、すっぽりとつつみました。そのまんなかに、あきこちゃんの大きな写真《しゃしん》をおきました。そこへかけこんできたのが、絵《え》のとくいな達也《たつや》くんです。

「十さいになったあきこちゃん、かいてみたんだけど、どう?」

達也《たつや》くんは、はあはあと息《いき》をはずませながら、大きな画用紙《がようし》をひろげてみせました。けさまでかかって、かきあげてきたようです。

一年生のときの写真《しゃしん》をみながら、かみを長《なが》くしたり、赤いブラウスとこんのスカートにして、すこしおとなっぽくかいてありました。

「いいじゃあない。」

「四年生のあきこちゃんだよ。」

いっせいに声《こえ》をあげて、よろこびました。

「達也《たつや》くんやるね」って、ぼくだってうれしくなりました。みんなの中で、ちゃんと四年生になっている、あきこちゃんのすがたでした。

写真《しゃしん》と絵《え》は二まいならべてかざられました。その写真をまえに、つくえを三つおいて、それにもあいぞめの布《ぬの》をかけました。そのまんなかへ、赤

いりぼんをむすんだ、ひまわりの花たばがおかれました。サトパン先生が用意《ようい》してくれたものです。あきこちゃんは、黄色《きいろ》い花がすきでした。

たくさんのスナップ写真《しゃしん》は、みんなもちよって、大きな写真と絵の両《りょう》がわに、ちらすようにはられました。つくえはコの字がたにならべて、しょうめんに、あきこちゃんのごかぞくと、サトパン先生の席《せき》、そのとなりにぼくのせきまでつくってくれて、じゅんび完了《かんりょう》です。

そのときです。大介《だいすけ》くんのおかあさんが、はしりこんできました。

「よしおくんから電話《でんわ》でね、いま福島《ふくしま》の二本松《にほんまつ》なんだけれど、追突事故《ついとつじこ》があって、高速《こうそく》はうごけなくなっていて……。いつはしれるかわからないんだって……」

「けがは?」

サトパン先生が、せきこむようにききました。

「よしおくんたちはだいじょうぶ。ただおくれるかもしれないって。」

「よかったあ、まとうよね。」

みんな、うなずきあっています。

「よっちん、あせっているよなあ。」

大介《だいすけ》くんも、そわそわしていました。


おひるをまわると、あきこちゃんのおとうさんおかあさん、妹《いもうと》のなおこちゃんが、そろってかけつけてくれました。

いよいよ、第《だい》三回《かい》のたんじょう会《かい》のはじまりです。よしおくんは、どのくらいおくれるのでしょう。そして、あきこちゃんはすがたをみせてくれるでしょうか。ぼくはきょろきょろと会場《かいじょう》をみまわしています。どきどきしてまっています。

司会《しかい》はおさむくんと、あやちゃんです。

「よしおくんは高速《こうそく》どうろの事故《じこ》でおくれていますが、はじめることにします。はじめのことばを、ゆりちゃん、おねがいします。」

ちょっときんちょうぎみの、あやちゃんの声《こえ》でした。

「ことしも、あきこちゃんのたんじょう日《び》がめぐってきました。ことしで三回《かい》めになります。わたしたちは、あきこちゃんといっしょにすごした、一年二組のあのたのしかった教室《きょうしつ》がわすれられなくて、これからもずっとつづけていくつもりです。あきこちゃんをおもいだすことで、命《いのち》の大切《たいせつ》さや、人《ひと》のいたみのわかりあえる人に、なりたいからです。それはみんな、あきこちゃんがおしえてくれたことでした。」

ゆりちゃんは、おちついた声《こえ》でしっかりといってくれました。

「つぎは、佐藤正子《さとうまさこ》先生からのお話《はなし》です。先生、おねがいします」

おさむくんは、大まじめに、サトパン先生ではなく、佐藤《さとう》先生とよびました。だれのことというように、ちょっとざわついて、またしずかになりました。サトパン先生も、くすっとわらってから、たちあがりました。

「あきこちゃんのたんじょう会《かい》を、こうしてつづけられてうれしいことです。おとうさんおかあさん、それからなおこちゃん、とおくからかけつけてくださって、ありがとうございました。一年二組は、あきこちゃんをクラスのまんなかにおいて、みんながほんとうにたすけてくれました。あきこちゃんが、よろこんでくれること、たのしんでくれることが、いっぱい

あれば、あきこちゃんの病気《びょうき》をなおす力《ちから》が、大きくなる。そうおもって、あかるいクラスそだてをしてきたものね。みんなの心《こころ》がなかよしにつながりました。あきこちゃんをはげますことで、みんながやさしく大きくなってくれました。いまも、あきこちゃんにはげまされながら、まいにちがんばっていることを、きょうは、あきこちゃんにほうこくしてください。

それから、わたしの父《ちち》からあずかってきたプレゼントがあります。」

サトパン先生はそういうと、教室《きょうしつ》のすみにおいてあった、大きなふろしきづつみをひらきました。はこが二つでてきました。

「プレゼントって……。」

みんなたちあがってのぞきこんでいます。

はこのふたがあけられました。

「わあ、あきこちゃんだあ。」

「かわいい、そっくり。」

みんなの声《こえ》の中に、あきこちゃんのびっくりしたような声もまじっていたような気がしたのですが……。気のせいでしょうか。どこにもすがたはみえません。

それは、あきこちゃん人形《にんぎょう》でした。ぼくは、しっていました。サトパン先生の話《はなし》は、つづきます。

「これは、父《ちち》がつくりました。父はこけしづくりの職人《しょくにん》です。てっぺいも父がつくりました。あきこちゃんがお星《ほし》さまになってしまったことを、はなしたとき、『あきこちゃんの写真《しゃしん》をかしてくれ』っていってね。もっていったら、ずっと仕事場《しごとば》にかざってありました。まいにち、あきこちゃんにかたりかけながら、くらしたんですって。

『あきこちゃんは、みんなで手をつなぐうれしさを、おしえてくれたんだっちゃね』

『元気《げんき》に学校《がっこう》にいけることが、どんなにしあわせだかっちゅうことも、おしえてくれたんださやな』

『あきこちゃんは、みんなをやさしくしてくれたんだっちゃさ』

『あきこちゃんは、みんなの心《こころ》の中に、ずうっとずうっと、生《い》きつづけておくれよな』

そんなふうにはなしかけているうちに、あきこちゃんの顔《かお》がはっきりみえてきて、人形《にんぎょう》がつくれたからってね。ひとつは、あきこちゃんのおうちへ。もうひとつは、一年二組だったみなさんへということでした。」

「やったあ。」

「それじゃあ、てっぺいくんときょうだい？」

そんな声《こえ》もおこって、みんな大よろこびです。ひとつは、あきこちゃんのおかあさんに、そしてひとつは、あきこちゃんの写真《しゃしん》の前《まえ》の、花のとなりにおかれました。

はにかんだようにわらっている顔《かお》です。こまかい花がらの、長《なが》そでのワンピースをきていました。「てっぺいときょうだい」なんていわれて、ぼくはてれています。とうさんの手から、生《う》まれてきたものどうしだから、まあ、きょうだいのようなものでしょうか。

とうさんは、東北《とうほく》の小さな温泉《おんせん》町《まち》で、くらしています。とうさんのたんじょう日《び》は、十月八日《ようか》、ことしは日《にち》よう日《び》なので、サトパンもお祝《いわ》いにかけつけました。

サトパンは、三人《にん》きょうだいです。サトパンが一ばん上のおねえちゃん、そのつぎが妹《いもうと》の麻子《あさこ》ちゃん、三ばんめが弟《おとうと》の康一《こういち》くんです。

とうさんは、子どものたんじょうをまちながら、どの子にも人形《にんぎょう》をつくってくれました。男の子がほしかったのでしょうか。上のふたりの女の子の人形は男の子で、三人《にん》めの男の子の人形は女の子なんです。とうさんのねがいは、みんな、はずれだったようです。

どの人形《にんぎょう》にも、なまえがあります。ミズキというかおりのいい木でつくってあるのでそこからもらって、名字《みょうじ》はみんな水木《みずき》。

水木《みずき》　哲平《てっぺい》　正子《まさこ》ちゃんの人形《にんぎょう》（ぼく）
〃　昭平《しょうへい》　麻子《あさこ》ちゃんの人形
〃　和子《かずこ》　康一《こういち》くんの人形

三人《にん》きょうだいは、三体《たい》の人形《にんぎょう》といっしょに、大きくなりました。もうみんな家《いえ》をでて、はなれてくらしているのですが、だれがいいだしたのか、ことしは人形《にんぎょう》もいっしょに、あつまることになりました。

ぼくも、車《くるま》にのせられて、つれていってもらいました。ぼくにとっては、なんと二十年ぶりの里帰《さとがえ》りでした。

「おお、きたかきたか。」

「よく、きたない。」

とうさんもかあさんも、孫《まご》でもむかえるようによろこんでくれました。

とうさんのうでに、三体《たい》いっしょにだかれて、仕事場《しごとば》へいってみました。なつかしい木のにおいが、いっぱいです。かべには、あきこちゃんの写真《しゃしん》がかけてありました。そして、そこに、ふたごのあきこちゃん人形《にんぎょう》が生《う》まれていたのです。

「どうだてっぺい、あきこちゃんににてるか?」

とうさんは、ぼくにきいて……。

「ここ、なつかしかんべが、しばらくここにいるか。」

とうさんは、ぼくたちを、仕事場《しごとば》においていってくれて、人形《にんぎょう》の三人《にん》きょうだいと、新《あたら》しいふたごの妹《いもうと》もまじえて、おしゃべりがはずみました。

夜《よる》には、ざしきのテーブルをかこんでのパーティーです。ぼくたちもせきについて、とうさんの七十五さいのたんじょう日《び》と、あきこちゃん人形《にんぎょう》のたんじょうをいわって、カンパイをしたのです。

「一年二組のあきこちゃん人形《にんぎょう》は、てっぺいといっしょに、わたしの教室《きょうしつ》にいてもらいます。いつでもきて、おしゃべりしていってください。とまりにつれていきたい人《ひと》は、どうぞいつでもね。」

サトパン先生のお話《はなし》は、そこでおわりました。

「ほんとう？　一ばーん。」

あやちゃんは、司会《しかい》のことなどわすれて、手をあげています。

「二ばーん。」

「三ばーん。」

つぎつぎと手があがって、あきこちゃん人形《にんぎょう》は、とうぶん教室《きょうしつ》にはいられないようです。

そのとき、まどがわの空気《くうき》が、ゆらっとうごいたような気がしました。

あきこちゃん、きているの？　きているんならすがたをみせてよ。みんながよろこぶからさ……。ぼくは、教室《きょうしつ》をみわたしながら、あきこちゃんをさがしていました。

プログラムはすすんで、みんなからのひとことです。よしおくんはまだついていません。

「あきこちゃんにはなしたいことを、いっぱいもってきているとおもいます。気どらなくていいから、ならんでいる順《じゅん》にはなしかけてください。」

おさむくんの司会《しかい》でひとことははじまりました。

一ばんにたったのは、さとみちゃんです。

「あきこちゃん、このあいだの音楽会《おんがくかい》、四年生は合奏《がっそう》だったでしょう。わたしシンバルだったけど、リハーサルのとき、音《おと》がちょっとおくれちゃってさ、どうしようって、すごーくあわててね、そのとき、おもわず『あき

こちゃんたすけてよ』って、わたし祈《いの》っちゃったのよ。あきこちゃん、たすけてくれたよね、本番《ほんばん》はうまくいってよかった。ほっとしたのよ。あきこちゃん、ありがとうね。」

さとみちゃんは、写真《しゃしん》と絵の、あきこちゃんをみつめながら、かたりかけました。

一年二組のころの思《おも》い出《で》をかたるもの、このごろのことをほうこくするもの、つぎつぎとたって、はなしかけています。

そのつぎにたったのは、たかひろくんでした。ここへきてきゅうに背《せ》がのびた、たかひろくんです。みんなの前《まえ》ではなすのは、あまりとくいではない、たかひろくんです。ぼくまでがどきどきして、「がんばれよ」と背《せ》中《なか》をおしたい気ぶんでした。

「あきこちゃん、天国《てんごく》にもプールってあるの？　およげるようになっているかなあって、ぼくはときどきおもうんだよ。一年二組の夏休《なつやす》みのまえに、あきこちゃん、二度《ど》だけプールへはいれたよね。

水泳《すいえい》って、体《からだ》がじょうぶになるスポーツっていうでしょう。だから、あきこちゃんもおよげるようになって、『病気《びょうき》なんかふきとばせよ』って、とてもおもったんだ。

ぼくは幼稚園《ようちえん》のときから、スイミングスクールへいっているからね。一年のときおよげたもの、『あきこちゃんを、およげるようにしてあげる』って、心《こころ》にきめていたんだよ。」

たかひろくん、しっかりはなしかけています。水泳《すいえい》できたえた自信《じしん》が、ことばになってでてきます。「いいぞいいぞ」と、ぼくはあんしんして、つづきの話《はなし》をまちました。

「プールのとき、ぼくは二回《かい》とも、あきこちゃんのとなりにいたの、おぼえている？　はじめ、水になれるようにって、もぐるれんしゅうしたよね、口までもぐって、はなまでもぐって、目までもぐって、頭《あたま》までもぐって……。こわがらないで、しっかりともぐってたよね。

プールサイドにならんでこしをかけて、〈こしかけキック〉のれんしゅうもしたよね。ぼくがいっぱい水しぶきをあげたら、『すごーい、すごー

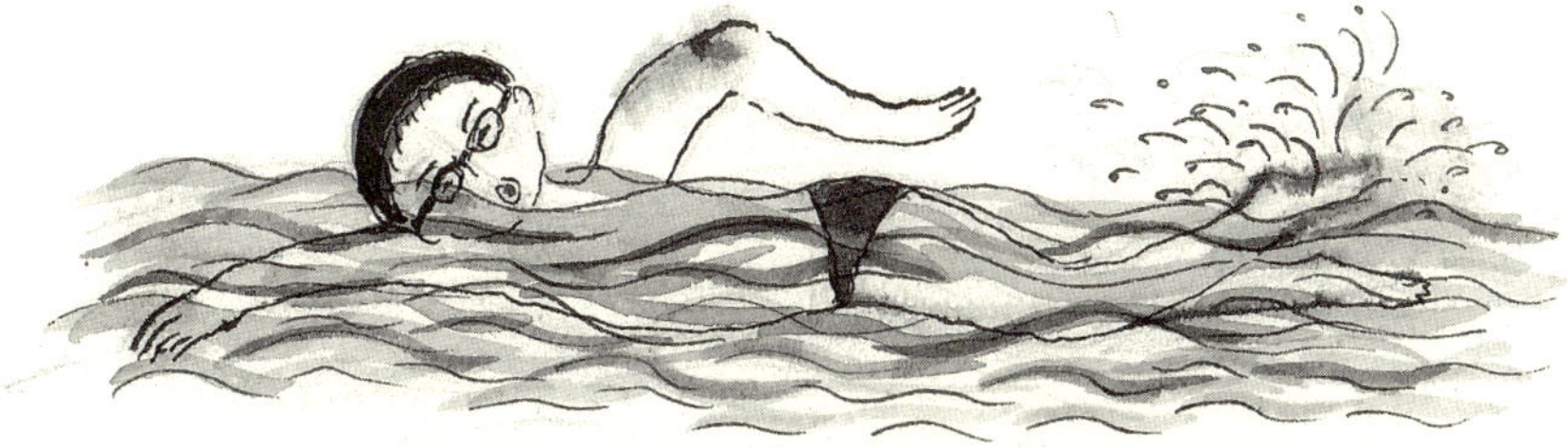

い』ってよろこんでくれたじゃあないか、ね。

でも、あきこちゃんは二回《かい》プールへはいっただけで、みずぼうそうにかかって、入院《にゅういん》して、そこから弱《よわ》ってきてしまったんだものね。」

そうだった、そうだったと、みんなうなずいて、おもいだしています。

「ぼくはそれからもずっと、水泳《すいえい》をつづけています。とってもきつくて、休《やす》みたくなるときも、やめたくなるときもあるけどね、そんなとき、いつでも、あきこちゃんの顔《かお》がうかぶんだよ。『がんばって』っていってくれるものね。そして、いいきろくをだすと『すごーい、すごーい』ってよろこんでくれるから、ずっとつづけられています。ありがとう。」

たかひろくんは、じぶんをはげますように、いっしょうけんめいはなしかけてくれました。たかひろくんが、こんなにはなしてくれたのは、はじめてのことです。

「やったね、チャンピオン。」

大介《だいすけ》くんがすかさず声《こえ》をあげて、みんなからの大きな拍手《はくしゅ》です。

そうなんです。たかひろくんは、かえで小学校のチャンピオンなんです。

九月二十日《はつか》の、プールじまいのまえに、検定《けんてい》というのがあって、先生からプールカードに認定《にんてい》のはんをおしてもらいます。

認定《にんてい》には、一〇級《きゅう》から一級まで十のだんかいがあります。四年生では八〇パーセントぐらいが四級で、まだ五級どまりだった子が何人《なんにん》かいました。

四級《きゅう》というのは、二十五メートル、どんな泳法《えいほう》でもいいから、およぎきれた人は合格《ごうかく》です。おちた子も合格した子も「てっぺいくん」って、ほうこくにきてくれるから、みんなわかっています。うれしくなります。

その中で、たかひろくんは特級合格《とっきゅうごうかく》、まさにチャンピオンでした。特級《とっきゅう》というのは、クロール百メートル、平泳《ひらおよ》ぎで百メートル、二百メートルおよぎきったら合格《ごうかく》です。たかひろくんはかるくこなしました。特級は全校《ぜんこう》でもふたりだけ、もうひとりは六年生の女の子のようです。

たかひろくんは、サトパン先生の教室《きょうしつ》に、だれもいないときをみはからって、よくぼくのところへきてくれるんです。いすにこしかけて、ぼくをひざにだいて、はなしてくれます。

「てっぺいくん、ぼく、スイミングスクールでね、選手《せんしゅ》コースにすすんだんだよ。うれしいけど、きびしいんだ。月曜日《げつようび》がお休《やす》みだけで、あとはまいにち、午後《ごご》の五時半《はん》から二時間《じかん》、たっぷりとれんしゅうだからね、家《いえ》にかえってくると八時だもの、夕《ゆう》ごはんをたべるともうねむくなって、宿《しゅく》題《だい》やれないこともときどきなんだ。

でもおよぐのはたのしい。シャワーをあびて、プールサイドにたつと、ボイラーとかんきせんの音《おと》がうるさいんだけど、その音がはげましてくれて、体《からだ》がしゃんとするんだ、水にはいると体がかるくなる。二十五メートルのプールを三、四十回《かい》も往復《おうふく》するかな。

ぼくのベストタイムは、五十メートルをクロールで三十二秒《びょう》、平泳《ひらおよ》ぎ

で四十一秒。これを一秒でもちぢめるって、たいへんなことなんだよ。ただむやみに泳《およ》げばいいっていうものではないんだ。正《ただ》しいフォームを身《み》につけないとだめなんだ。ぼくはうでを上げすぎるくせがあってね、な

かなかなおらないんだよ。そこがきれいになれば、タイムもちぢむとおもうんだけどね。

いま、ぼくね、東京都《とうきょうと》ジュニア水泳競技大会《すいえいきょうぎたいかい》にむけて、とっくんちゅうなんだよ、くるしくなるとね、『あきこちゃん、たすけてくれー』って、心《こころ》のうちでさけぶんだよ。そうすると、ふしぎな力《ちから》がでてくるんだ。」

と、そんなことをはなしてくれたのは、二学期《がっき》がはじまってすぐのころでした。

まいにちのそんながんばりが、たかひろくんに大きな自信《じしん》をもたせてくれたんだって、ぼくはうれしくなっています。

4　カブトムシだより

「つぎは、たけしくんのことばです。」

司会《しかい》のあやちゃんが、いいました。たけしくんは、ちょっともじもじしています。たけしくんも、みんなのまえでの発表《はっぴょう》は、あまりとくいではないんです。ぼくまできんちょうして、どきどきです。

「ぼくは、うまくいえないからね、手紙《てがみ》に書《か》いてきました。」

そういって、はにかんでいます。そしてもってきた手紙《てがみ》を、あきこちゃんの写真《しゃしん》の前《まえ》へおこうとしました。

「その手紙《てがみ》を、あきこちゃんにきこえるように、よんでもらえませんか。」

ゆりちゃんは「よんでよ」という顔《かお》です。

「ちょっと長《なが》い手紙《てがみ》だもの。」

たけしくんがこまっているようです。

「たけし、本読《ほんよ》みとくいじゃあないか。よめよ。長《なが》くてもいい。」

大介《だいすけ》くんがいいました。

「ききたいなあ。」

サトパン先生が、たのみこむような声《こえ》をあげたから、たけしくん、その気になってくれたようです。

よみはじめました。

あきこちゃん。

おぼえている？　みずぼうそうがなおって夏休《なつやす》みの前《まえ》に、ちょっとだけ学校《がっこう》へでてきたときがあったでしょう。あのときかえり道《みち》にぼくの家《いえ》へよって、カブトムシをみてくれたよね。となりのお兄《にい》ちゃんにもらったばかりで、うれしくて、ぼく、みせびらかしていた。「いいなあ」って、あきこちゃん、ほしそうにしたじゃないか。そのことわかったのに、二ひきもっていたのに、あげられなかったんだよ。あげればよかったって、ずうっとおもっていたからね。カブトのこと、手《て》紙《がみ》にかいてみるね。

きょねんの夏休《なつやす》みに、いなかのおじいちゃんのところへいってね、カブトムシをとってきたんだよ。

カブトってねえ、クヌギとかコナラが生《は》えている、雑木林《ぞうきばやし》にすんでいるんだよ。ひるまは土《つち》のなかにもぐっていてね、夜《よる》になるとクヌギの木にはいあがって、木からにじんでくるあまい汁《しる》をすうんだよ。だから夜中《よなか》にとりにいったんだ。かいちゅうでんとうと虫《むし》あみをもっ

て、おじいちゃんとふたりで夜の林《はやし》へはいったんだ。ドキドキしたよ。たくさんとれたんだけど、六ぴきだけうちへつれてきて、ずっと飼《か》っていたんだよ。えさは、カブト用《よう》のゼリー。ケースには、雑木林からもらってきた土や、朽《く》ち木《き》もいれておいた。六ぴきのうち、メスのカブトも三びきいたからね。土の中へ卵《たまご》を生《う》んでくれて、その土ごと、大きなケースにいれて、ずっと飼《か》っていたんだよ。

図書館《としょかん》からカブトの本をかりてきて、しらべながら飼《か》っていったからね。カブトはかいせになっちゃったよ。

卵《たまご》ははじめ小さいのにね、土の中の水分《すいぶん》をすって、だんだん大きくなるんだよ。だからきりをふいてやることを、わすれたらたいへんさ。

卵が生まれて二週間《しゅうかん》もすると、もう幼虫《ようちゅう》になるんだよ。

幼虫《ようちゅう》はねえ、ずっと土の中でくらす。落《お》ち葉《ば》や木が朽《く》ちて土になったもの、その土が幼虫のえさなんだから、ときどき新《あたら》しいおいしい土に、とりかえてやるんだよ。いっぱいたべて大きくなって、きゅうくつになると、だっぴする。

秋《あき》のおわりから、春《はる》三月ごろまでは、土に深《ふか》くもぐってくらすんだよ。あったかくなると、土の中をはいまわって、いっぱいたべてさ。

生《う》まれたときの幼虫《ようちゅう》は、一センチにたりないほど小さいのに、二回《かい》だっぴして、生まれたときの十倍《ばい》ちかくに大きく

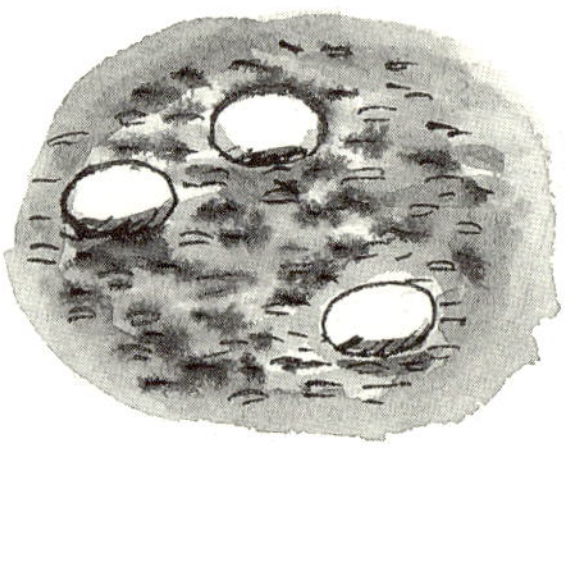

なるんだよ。ぼくの手の中いっぱいにな
って、びっくりしたのさ。

六月《がつ》になって、幼虫《ようちゅう》は三回《かい》めのだっ
ぴをして、いよいよさなぎになるんだよ。
角《つの》がでてきてね、カブトにちかい形《かたち》に
なって、じっとうごかなくなるんだよ。
そして、さなぎのからの中で、成虫《せいちゅう》の
カブトの体《からだ》をつくっているんだよ。

さなぎがしぼんできたらね、いよいよ

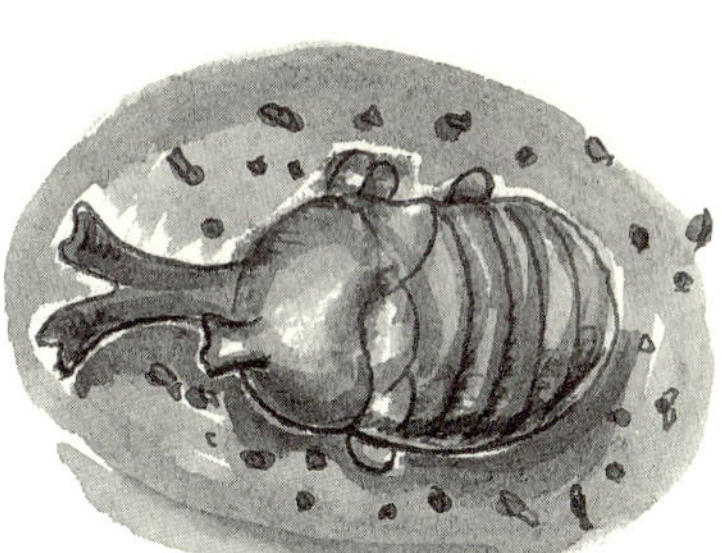

さいごのだっぴがはじまるんだよ。さなぎになってから、二十日《はつか》ぐらいたったかな。

角《つの》と足は、らんぼうにからをつきやぶるけれど、羽《はね》のある胸《むね》のあたり、ゆっくりていねいにぬいでいくんだよ。

成虫《せいちゅう》になることをね、〈羽化《うか》〉っていうんだって、おじいちゃんにおしえてもらったんだ。とぶための、羽《はね》をもつようになるからだって。

幼虫《ようちゅう》のときからかぞえると、四回《かい》だ

っぴして、成虫になるんだね。

カブトの成虫《せいちゅう》は用心《ようじん》ぶかくてね、羽《はね》がしっかりして、体《からだ》もすっかりかたくなるまでは、さなぎのへやで、じっとしているんだって。

夏休《なつやす》みにはいったその夜《よる》に、そっとケースのふたをとってみたらね。土の上にすがたをみせていた成虫《せいちゅう》が、ぱあっととびたって、へやの中をとびまわったときは、うれしかったよ。あきこちゃんがよろこんで、手をたたいてくれている、そんな気がしたよ。

きりをふいてやるのがおっくうだったり、土をとりかえてやるのが、めんどうなときだってあったけどね、成虫《せいちゅう》になるまでそだてられたら、あきこちゃんがよろこんでくれる、そうおもうとがんばれたよ。

ぼくのところで、生《う》まれたカブトなんだもの。ずっと、そばにおきたくもあったけどね。あの雑木林《ぞうきばやし》へもどしてやりたいって、とってもおもってね。

いなかの林《はやし》へ、かえしてきたのさ。

ゼリーのえさなんかではなくて、コナラやクヌギの木からにじんでくる、おいしいミツを、いっぱいすわせてやりたかったものね。そして、木の下の土の中へ卵《たまご》を生《う》んでくれって、そうおもったからさ。

おじいちゃんのうちにいるあいだは、まい朝《あさ》カブトにあいにいったよ。ぼくのカブトかどうかはわからなくなっていたけれどね。

カブトのオスには、りっぱな角《つの》があるでしょう。あれは、たたかうための武器《ぶき》なんだよ。ほかのオスがちかづくとね、長《なが》い角を相手《あいて》の体《からだ》の下にさしこんで、力いっぱいほうりあげて、木からおとされたら負《ま》けなんだ。きびしいよ。

メスとはけんかはしないんだって。木からにじんでくる、えさのなわばりをまもって、メスをむかえるためにたたかうんだからね。カブトには、はやおきしないとあえないんだ。ひるになったら、落《お》ち葉《ば》の下にもぐってねむってしまうんだからね。

まい朝《あさ》はやおきをして、山からかえったらこの手紙《てがみ》をかいたんだよ、おじいちゃんにもいっぱいたすけてもらいながら、何日《なんにち》もかかってかいたのさ。かいているとき、あきこちゃんとずっといっしょにいるような気がして、うれしかったよ。だから、こんなに長《なが》い手紙がかけたんだね。ありがとう。ありがとう。

たけしくんは、しっかりとよんでくれました。雑木林《ぞうきばやし》をふきぬけていく風《かぜ》までが、かんじられるような、いい気もちで、みんなできました。

「よくかけたね。」

「すごいね。」

大きな拍手《はくしゅ》がおこりました。サトパン先生が、さいごまで手をたたいていました。

そのとき、ぼくのうしろあたりの空気《くうき》が、うごきました。あきこちゃんはきているようです。すがたはみえないけれど……。

5　たまみちゃんとかなちゃんと

みんなから、ひとことずつはつづいています。よしおくんはまだです。

「吉田《よしだ》たまみさん。」

たまみさんはたちあがると、あきこちゃんの写真《しゃしん》にむかって、うれしそうにはなしだしました。

「あきこちゃん、わたしピアノをならっているでしょう。このあいだの日《にち》曜日《ようび》、発表会《はっぴょうかい》だったのね。ケーラーの『ポルカ』をひいたの。いっぱいれんしゅうして、もう目をつぶってもひけるって、あんしんしていたのに、プログラムがすすんできたら、どきどきして、指《ゆび》がふるえてきて……。だから、目をつぶって心《こころ》をしずめて、そして目をあいたとき、ひかえ室《しつ》のカ

ーテンのところに、あきこちゃんの顔《かお》がみえたの、ほんとよ。『がんばってね』っていってくれたの。それでわたしはほっとして、ピアノの前《まえ》にすわれたの。指はうごいて音《おと》がでてむちゅうだったけどおわったの。いっぱい拍手《はくしゅ》をもらって、うれしかった。あきこちゃん、そばにいてくれて、ありがとう。」

たまみちゃんは、はじめてのピ

アノ発表会《はっぴょうかい》の、きんちょうしたようすを、ほうこくしていました。そんなとき、だれでもあきこちゃんをおもいだして、すがりたくなるようです。

そのつぎは、大崎《おおさき》かなちゃんです。ぼくはどきどきしながら、みまもりました。

かなちゃんは、しばらく下をむいて、息《いき》をのんでから、顔《かお》をあげました。

「あきこちゃん、いっぱいたすけてくれて、ありがとう。去年《きょねん》のたんじょう会《かい》がおわってすぐ、おかあさんは入院《にゅういん》したのよ。胃《い》ガンという病気《びょうき》だったんだって。そして、二月のさむい日《ひ》に、なくなってしまってね。弟《おとうと》のあきらはまだ一年生だし、どうしたらいいのかわからなかったの。でも、あきこちゃんとてっぺいくんが、いつだってわたしのそばにいてくれたものね、だからもう、だいじょうぶよ。ありがとう。」

かなちゃんは、みじかくそれだけいいました。かなちゃんのことは、みんなわかっているなかまです。さまざまなおもいをこめて、拍手《はくしゅ》しました。

かなちゃんが、かたりきれなかったことを、ぼくから、お話《はなし》させてもらっていいですか。

おかあさんがなくなったとき、一年二組のなかまは、ほんとうにびっく

りして、みんなでおわかれにもいきました。

かなちゃんを、どうやってはげまそうかと、そのことも相談《そうだん》して、

「かなちゃんが、元気《げんき》になるまで、てっぺいについていてもらえば。」

そういったのは、大介《だいすけ》くんです。

「そうね、てっぺいくんなら、よけいなことはいわないし、それでも、みんなわかってくれているものね。」

あやちゃんがいいました。

それでぼくは、五月の末《すえ》まで、ずっとかなちゃんの家《いえ》においてもらったのです。

四十九日《しじゅうくにち》がすむまでは、いなかのおばあちゃんがいてくれるといいますが、春《はる》になれば畑《はたけ》もたんぼもあるから、かえらなければなりません。

「子どもらは、わたしがあずかって、いなかへつれてかえろうかね。」

おそう式《しき》がすんでまもないころ、おばあちゃんがいいました。おばあちゃんもつかれていて、力《ちから》のない声《こえ》でした。

「子どもの気もちもきいて、かんがえます。」

おとうさんが、つらそうです。

「ぼく、おとうさんのところにいるからね。」

あきらくんは、おびえたように、おとうさんにしがみついたままです。

「ごはんも、せんたくもわたしがするから。」

かなちゃんが、いったんです。かなちゃんは、そのことをずっとかんがえていたようでした。

おかあさんが一度退院《どたいいん》して、家《いえ》でやすんでいたときに、ごはんのたき方《かた》

と、みそ汁《しる》のつくり方《かた》はならいました。洗《せん》たく機《き》のつかい方《かた》もあらったもののほし方《かた》も、れんしゅうしました。

「まあだ、むりだよ。かわいそうだよ。あそびたいさかりじゃあないか。」

おばあちゃんの声《こえ》が、泣《な》いていました。おばあちゃんは、おかあさんのおかあさんです。

「おばあちゃん、だいじょうぶ、だんだんれんしゅうして、じょうずになるから。」

まだ三年生だったかなちゃんが、おばあちゃんをかばっていうのです。

「おとうさんも手つだうから、三人《にん》でやっていこう、な。おかあさんのまえでやくそくだ。」

おとうさんは、かなちゃんとあきらくんの肩《かた》をだいて、おかあさんの写《しゃ》真《しん》のまえにすわりました。

いつまでも手をあわせて、いくつものやくそくをしていました。

その夜《よる》、かなちゃんはぼくをだいて、ふとんにはいりました。

「ねえ、てっぺいくん、あきこちゃんはたったひとりで、お星《ほし》さまになっちゃったんだもの、ずっと、さびしかったよね。だから神《かみ》さまがやさしかったうちのおかあさんを、そばへいかせたんだよね。おかあさんを、あきこちゃんにかしてあげたんなら、わたし、がまんできるもの、おかあさんもあきこちゃんも、いつもわたしのそばにいてくれるんだものね。大介《だいすけ》くんだって、おとうさんがいないのに、あんなに元気《げんき》で、やさしいものね。わたし、まけないからね。てっぺいくん、そばにいてね。」

かなちゃんは、ふとんの中で、小さい声《こえ》で、じぶんにいいきかせていたのでした。ぼくだって、なにかいってやりたかったけれど、人形《にんぎょう》のことばは、音《おと》になってつたえられないのです。大介《だいすけ》くんのおとうさんは、大介くんが一年生になるすこしまえに、病気《びょうき》でなくなったのでした。

かなちゃんが、おかあさんの仕《し》事《ごと》をするってきいたサトパン先生

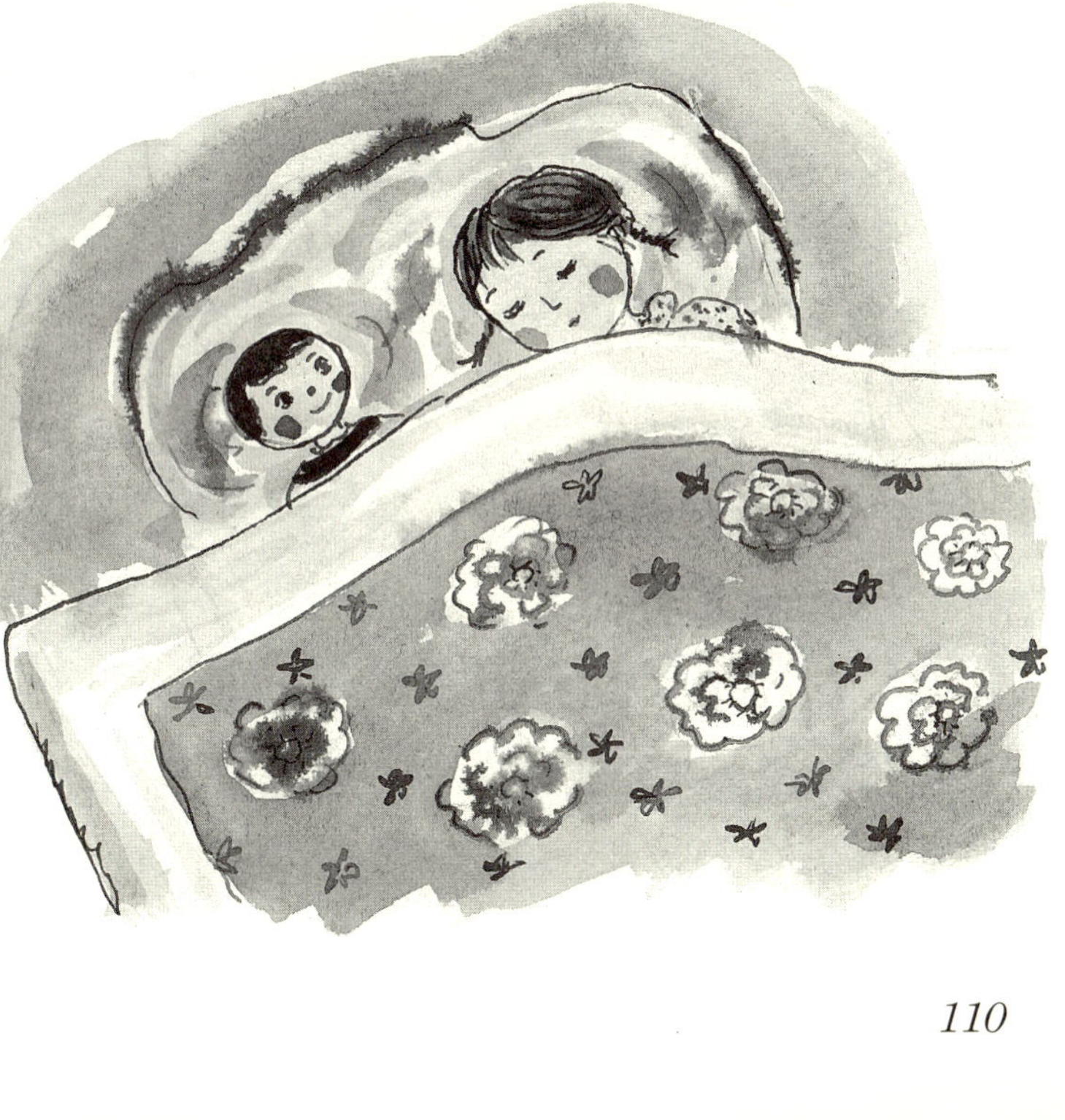

は、エプロンを七枚《まい》もってやってきました。

「小さいおかあさん、ごくろうさま。このエプロンをかけて、がんばってね。でも、かなちゃん、ひとりでがんばりすぎるのは、よくないよ。『たすけてー』っていうのもだいじなこと。じょうずにたすけてもらうれんしゅうも、いっぱいするのよ。みんな、たすけたがっているんだからね。」

サトパン先生は、ぽんぽんといいました。

「エプロン、してみてもいい？」

かなちゃんはふくろをひらいて、エプロンをとりだしました。かなちゃんの大すきな絵本《えほん》『コンとあき』のキツネのコンのアップリケのついたエプロンでした。

「わー、コンだあ。ありがとう。」

かなちゃんの顔《かお》が、ひさしぶりにかがやきました。どのエプロンにも、かわいいアップリケがしてありました。

かなちゃんは、めざましで目をさますと、エプロンをして、台所《だいどころ》にたちます。ごはんは夜《よる》のうちにといで、炊飯器《すいはんき》に予約《よやく》してあるから、もうぶくぶくと炊《た》かれていました。

洗《せん》たく機《き》にスイッチをいれてから、みそ汁《しる》のだしをとります。小松菜《こまつな》をゆでてごまあえ、干物《ひもの》の魚《さかな》をやいて、納豆《なっとう》をどんぶりにとって、それで朝《あさ》ごはんのできあがりです。

青《あお》いなっぱとみそ汁《しる》と、小さい魚《さかな》をたべる。それは、ずっとおかあさんがしてくれていたことです。それをまもろうと、けなげなかなちゃんです。

全自動《ぜんじどう》であらいあがった洗《せん》たく物《もの》は、おとうさんとあきらくんが、たた

んでしわをのばして、ぱたぱたとたたいてから、干《ほ》してくれました。

「たいしたもんだ、ちゃんとやれる。」

おばあちゃんは、できるだけ手をださないでみています。

かなちゃんは、カレーやシチュー、ハンバーグのつくり方《かた》も、おばあちゃんからならいました。煮《に》物《もの》や天《てん》ぷらはまだむりです。

「天《てん》ぷらは、おかあさんにつくっ

てもらって、とどけてあげる。」

ゆりちゃんがいいました。

「ありがとう。」

かなちゃんは、じょうずにたすけてもらおうとしています。

おばあちゃんは四月をまって、かえっていきました。かなちゃんの、小さいおかあさんのはじまりです。

おとうさんの会社《かいしゃ》はいそがしくて、このところ、かえりのおそい日がつづいています。かなちゃんは、ごはんをつくることでせいいっぱい。あきらくんとあそんであげるゆとりはありません。あきらくんがいらいらしています。

「てっぺい、つまんないよ。みんなこのごろ、ぼくとあそんでくれないんだものな。」

あきらくんは、ぼくにあたることがおおくなりました。学校《がっこう》でもちょっとあれていて、いきなり友《とも》だちにらんぼうしたり、それでなかまにいれてもらえないのでしょうか。

そとで、いっぱいあそべるところがあればいいのに。力《ちから》をもてあましているようです。ぼくはしんぱいでした。

そんなとき、〈かえで児童館《じどうかん》〉がオープンになりました。まだおかあさんが元気《げんき》だったころ、「児童館をつくる」といううんどうにとりくんで、それがやっとできあがったのでした。

オープンの日には、かなちゃんがぼくもつれていってくれました。

ホールには、トランポリンがおいてありました。一輪車《りんしゃ》もおいてあります。おかあさんのような先生と、わかくて背《せ》の高《たか》い、おにいちゃん先生もいてくれます。図書室《としょしつ》もあります。板《いた》にくぎをうってあそぶ、木工室《もっこうしつ》だってありました。ここならあんしんしてあそべます。

あきらくんはいま、一輪車《りんしゃ》にむちゅうです。

「てっぺい、きょうちょっとのれたんだぞ。」

うれしそうに、ぼくにはなしてくれました。かなちゃんも、ひまをみつけては、でかけているようです。おかあさん先生に、あみものをならっているのだとか。

かなちゃんのうちにも、それなりのリズムができて、五月のすえにぼくはまた、サトパン先生の教室《きょうしつ》へ帰《かえ》ってきました。

児童館《じどうかん》は、おかあさんからの、大きなうれしいおくりものでした。

大介《だいすけ》くんは入口《いりぐち》ばかり気にしています。よしおくんはまだみえません。つぎは大介くんからのひとことです。

6　大介《だいすけ》くんのほうこく

大介《だいすけ》くんは、なんだかほそ長《なが》いものを、大きなふろしきにつつんでかかえてきました。それを、教室《きょうしつ》のうしろのロッカーの上におくと、ぼくのところへやってきて

「てっぺい、いいものもってきたからな。」

なんて、ぼくだけにきこえる、ないしょの声《こえ》でいったのでした。

あの、ふろしきの中はなんなのか、あの形《かたち》はやわらかいもののようです。

みんなからのひとことは、順《じゅん》にすすんでいます。

「つぎは、大介《だいすけ》くんどうぞ。」

あやちゃんがいいました。

「エヘヘ……。」

それが大介《だいすけ》くんのへんじです。せきをたつと、ばたばたとロッカーのところまではしっていって、ふろしきをひらきました。

みんながちゅうもくしています。

「わー、稲《いね》だあ。」

「すごいね。」

「その稲《いね》どうしたの。」

ふろしきの中からでてきたのは、りっぱな稲《いね》のたばです。穂《ほ》がおもそうにたれていました。

大介《だいすけ》くんはその稲《いね》たばを、あきこちゃんの写真《しゃしん》の前《まえ》にそなえるようにおいてから、はなしはじめました。

「一年二組であきこちゃんといっしょのとき、あきこちゃんがよろこんでくれることをしようよって、みんなでやってきたよね。うれしいと、病気《びょうき》がなおるって、いっしょうけんめいだった。

遠足《えんそく》のころだったかな。ぼく、おかあさんのおつかいで〈すぎもと米屋《こめや》さん〉へ、ぬかを買《か》いにいったんだよ。そのとき店《みせ》さきにおいたハッポースチロールの中に、稲《いね》の苗《なえ》があって、

『持ってって、たんぼつくってごらん。』

おじさんがそういってくれたんだけどね。そのとき、めんどくさいやっ

ておもったから、もらってこなくてさ。二日《ふつか》ぐらいたってから、ハッポースチロールのミニたんぼつくったら、あきこちゃんよろこぶなって、気がついて、あわててもらいにいったら、もうみんなもらわれてなかったのさ。くやしくてざんねんで。あきこちゃんはお星《ほし》さまになっちゃったけど、いつかつくってみてもらうぞっておもっていて。

でも、きょねんもことしも、米屋《こめや》さんでは苗《なえ》をくばっていなかった。

おじさんにそのことをはなしたら、

『苗《なえ》をじぶんでつくればいい。種《たね》をあげるから。』

そういって、種《たね》モミとつくり方《かた》をおしえてくれて。ハッポースチロールは、魚屋《さかなや》さんからもらってきて。

種《たね》モミは水につけて、水にしずんだおもいものがいい種なんだよ。いい種を五日《いつか》ほど水につけといて、こんどは苗《なえ》しろづくりだ。ハッポースチロールに土を入れて、水をはって、そこに、水でふくらんだ種《たね》をまいたんだ。そのとき、そばにあきこちゃんがきてね、『大介《だいすけ》くん、すごーい。』っていったんだよ。ぼく、とってもうれしかった。」

大介《だいすけ》くんの顔《かお》が、とってもいい顔《かお》になってかがやきました。

「うん　うん」と、みんながうなずいています。「まさかあ」とか「ほんとかよう」なんて、ちゃかす子もいません。「よかったね」って、きいていました。そのとき教室《きょうしつ》は、一年二組のころの、あのふんいきになっていたのです。

ぼくはうれしくて、胸《むね》がいっぱいになりました。

「苗《なえ》しろにまいたモミからは、白い芽《め》がでて、それから青《あお》くなってつーん

とのびて、どんどん大きくなっていって。みどりがきれいでさ。

米屋《こめや》のおじさんは、ときどきみにきてくれて、「よしよし」って、いってくれた。

いよいよたんぼのじゅんびだよ。田植《たう》えだからね。ミニたんぼは、ぼくが赤ちゃんだったときのベビーバスと、深《ふか》さのあるハッポースチロール。『柿《かき》の木の下の土をつかっていいからね』ってかあさんがいってくれて。生《なま》ゴミをくさらせてつくった、いい土なんだよ。

ベビーバスに六株《かぶ》、ハッポースチロールに四株《かぶ》、あわせて十株《かぶ》。一株《ひとかぶ》に三本ずつ植《う》えて。かあさんは田植《たう》え祝《いわ》いだからって、五目《ごもく》ずしをつくってくれたのさ。

とくべつにこやしもやらなかったのに、三本の稲《いね》は二十本にもなって、ぐんぐんのびた。

『土がいいからよ。作物《さくもつ》は土がつくってくれるんだね』

かあさんは、じまんげにいってね。水がなくなったら水をたして。あついときは稲《いね》も水をすうし、じょうはつもするらしくて、みるみる水がなくなる。

穂《ほ》がでたのは九月になってから。そして白い小さな花がさいて、稲《いね》に花がさくなんてしらなかったからびっくりしてさ。」

「ええ？　花がさくの。どんな花。」

司会《しかい》のあやちゃんが、おもわず声《こえ》をあげて、みんなも体《からだ》をのりだしていました。

「白い小さな花だよ、米屋《こめや》のおじさんにおしえてもらわなければ、みのがしていたかもしれない。花がおわるとからをとじて、だんだんふくらんで、お米の形《かたち》になっていって。そして黄色《きいろ》く実《みの》っていったんだ。」

大介《だいすけ》くんは、じぶんの手でそだててきたことだから、とてもわかりやすく説明《せつめい》できました。

「よくやったねえ。すごいすごい。」

サトパン先生はたっていって、稲《いね》のたばを手にすると、穂《ほ》のほうを下にしてもってみました。その丈《たけ》は、先生の胸《むね》のあたりまでもあります。

「とちゅうでみせてくれたらよかったのに。」

おさむくんが、ふまんげです。

「ぼくだって、みせたかったさ。でもたんじょう会《かい》までないしょにしておこうとおもって。でもてっぺいにだけははなしてたよな。」

大介《だいすけ》くんは、きょうこそあきこちゃんとみんなにはなせた、うれしい顔《かお》です。

「てっぺいくんばっかり、ずるいわよ。」

ゆりちゃんが、ぼくのおでこをはじきました。

「あきこちゃんがいま、よろこんでわらいました。」

ゆりちゃんがいったので、みんなおもわず拍手《はくしゅ》です。ゆりちゃんも、あきこちゃんがきていることに、気がついているのかな……。

あきこちゃんのおとうさんは、両手《りょうて》を高《たか》くあげて、手をたたいてくれました。

「それから……。」

大介《だいすけ》くんは、ふろしきの中にまだのこっていたものをだしてきました。

「わあー。」

「きれい。」

またまた、かんせいです。

それは、稲《いね》でつくったリースでした。

二十本ほどの稲《いね》を二つにわけて、×《バツ》にしました。穂《ほ》を両《りょう》がわにたらし、

根元《ねもと》のほうはなわにして輪《わ》にしてあります。そして、ツルウメモドキとツタがからませてありました。

「おかあさんがつくってくれて、あきこちゃんのおかあさんに、プレゼントです。」

「まあ、ありがとう。もらっていいの。ありがとう。」

おかあさんが、よろこんでいます。

おかあさんによろこばれて、も

っとよろこんでいる大介《だいすけ》くんでした。

「てっぺい、やったぜ。」

大介《だいすけ》くんはぼくの頭《あたま》を、ぽんとたたいてから、じぶんの席《せき》にもどりました。

そのときです。ろうかをはしってくる音《おと》がしました。大介《だいすけ》くんのおかあさんに、ひっぱられるようにして、よしおくんがとびこんできました。おかあさんは駅《えき》までむかえにでてくれたのです。

「よしおくん。」

「よっちゃん。」

みんなそうだちになってむかえました。

サトパン先生のうでのなかにとびこんだよしおくんは、肩《かた》をふるわせて

います。泣《な》いているようです。先生もよしおくんの背中《せなか》をとんとんしながら、いいました。

「よくきた、よくきた、よくきたね。」

「よしおくん、ありがとう。」

あきこちゃんのおかあさんの声《こえ》も、泣《な》いていました。

やっとおちついて顔《かお》をあげたよしおくんは、手《て》のこうでなみだをこすりながら、はにかんでわらってみせました。しょってきたリュックサックからとりだしたのは、大きな大きなダイコンです。ほそながいダイコンではなくて、カブを大きくしたような、ショウゴインダイコンです。『おおきなかぶ』の絵本《えほん》にでてくるようなダイコンでした。

「さっそくですけれど、よしおくんひとことどうぞ。」

あやちゃんがさそいました。

よしおくんは、その大きなダイコンを、あきこちゃん人形《にんぎょう》のとなりへおくと、

「あきこちゃん、このダイコン、うちの畑《はたけ》でとれたんだよ。うちではこんど、やさいをつくっているんだ。ぼくねえ、とってもきたかったんだ。みんな

といっしょに絵本《えほん》よんでもらいたかったもの。とちゅうで事故《じこ》にあっちゃってさ。まにあわないとおもった……。」

そこまでいうと、よしおくんは声《こえ》をあげて泣《な》きだしてしまったのです。

大介《だいすけ》くんがでていって、よしおくんの肩《かた》をだくとつれてきて、となりのせきへすわらせました。

「絵本《えほん》はこれからよ。」

みんなのほっとした声《こえ》です。

よしおくんよくきたね。ぼくも胸《むね》をつまらせています。

7 絵《え》本《ほん》のよみがたり

「やっとみんなそろいました。つぎは、おまちかね、サトパン先生に、絵《え》本《ほん》をよんでもらいます。」

司《し》会《かい》のあやちゃんのことばで、サトパン先生は絵《え》本《ほん》をもって、ゆっくりとしょうめんのいすにすわりました。手をたたきながら、みんながそのまえにすわります。

「あきこちゃんのせき、ここ、ここ。」

大《だい》介《すけ》くんが、一年二組のときとおなじようによびました。すると、ゆりちゃんが、あきこちゃん人《にん》形《ぎょう》をだいて、その一ばんまえの席《せき》へすわりました。そのとなりへ、もうひとりのあきこちゃん人形をだいた、妹《いもうと》のなおこちゃんがすわりました。ゆりちゃんとなおこちゃんが、顔《かお》をみあわせて、にっこりとうれしそうです。よしおくんも大介《だいすけ》くんのとなりです。

「きょうの絵本《えほん》は、なんだろうな。」

いつもそういってはじまるのでした。

サトパン先生がとりだしたのは『三びきのやぎのがらがらどん』です。

一年二組だったときに、何《なん》十回《かい》もよんでもらった、だいすきな絵本《えほん》です。

大きな拍手《はくしゅ》がおこりました。あきこちゃんも、きっとあのせきにきて、手をたたいているさって、ぼくはおもいました。

「むかし、三びきのやぎがいました。なまえはどれも、がらがらどんといいました。」

こんなことばではじまります。三びきは山の草場《くさば》へでかけていきます。

山へのぼるのには、谷川《たにがわ》の橋《はし》をわたらなければなりません。橋の下には、きみのわるいトロルがすんでいます。小さいやぎから、順《じゅん》に橋をわたります。橋が、かた、こと、なるたびに、トロルがでてきて、おどします。

「ようし、きさまを、ひとのみにしてやろう。」

小さいやぎと、中《ちゅう》くらいなやぎはにげますが、三ばんめの大きなやぎは、トロルとたたかって、こっぱみじんにやっつけて、山へのぼっていくという話《はなし》です。

みんな、がらがらどんごっこであそびました。

「だれだ、わたしのつくえをがたがたさせるのは。」

トロルのことばでいいます。

「わたしです。いちばん小さいがらがらどんです。」

小さいやぎのことばでかえしました。

トロルになっておどかすのは、いつだって大介《だいすけ》くんでした。かっこいい三ばんめのやぎには、達也《たつや》くんがなりました。

「さあこい、こっちには二本のやりがある。」

いさましく、しっかりとたちむかいます。そして、トロルがやっつけられると、あきこちゃんがよろこびました。

よろこんだら、病気《びょうき》をなおす力《ちから》がつよくなるとおもうから、みんなで、がらがらどん

ごっこをやったのでした。

みんなで、一年二組にもどってききました。

「先生、もう一さつ。」

リクエストしたのは、かなちゃんでした。

「うん、うん、『ネズミくんのチョッキ』――。」

みんなの声《こえ》です。拍手《はくしゅ》がおこっています。

この絵本《えほん》こそ、ぼろぼろになるまでよんでもらった作品《さくひん》です。サトパン先生は、教室《きょうしつ》のうしろの、絵本のコーナーから、『ねずみくんのチョッキ』をさがしてきました。

「これ、よみたいの？　なつかしいねえ。あきこちゃんも、だいすきだったよねえ。」

サトパン先生は、絵本《えほん》の表紙《ひょうし》をさすりながら、いろいろなことを、おもいだしているようです。

ねずみくんがあんでもらったチョッキを、なかまの動物《どうぶつ》が、つぎつぎとかりていきます。さるにも、うまにも、らいおんにも、ぞうさんにまでかりられて、のびきってしまった、ネズミくんのチョッキです。

「いいチョッキだね。ちょっと　きせてよ。」

「うん。」

ねずみくんがへんじをするたびに、一年二組だった日とおなじように、

「かしちゃあだめ、のびちゃうでしょう。」

と、大きな声《こえ》でおうえんしながら、よんでもらいました。

この絵本《えほん》の人気《にんき》をききつけて、ゆりちゃんのおかあさんは、チョッキをあんできて、ぼくにきせてくれて、そのチョッキは

「いいチョッキだね。ちょっときせてよ。」

と、絵本とおなじことばで、じゅんばんにかりられて、

「すこしきついが、にあうかな。」

と、みんながきてみて「ちょっと、きせてよごっこ」でも、たのしくあそんだのでした。そのときの、あきこちゃんの笑顔《えがお》までが、はっきりとうかびました。たのしくききながら、そっと涙《なみだ》をふいて、みんなじぶんのせきへもどりました。よしおくんももうすっかりとけこんでいます。

そこへはこばれてきたのが、大きな大きなバースデー・ケーキです。ケーキづくりのとくいなゆりちゃんのおかあさんが、まいとしつくってとど

けてくれる、バースデー・ケーキです。
十本のローソクがたてられていました。
ハッピー・バースデーのうたです。

ハッピー・バースデー
　　　トゥーユー
ハッピー・バースデー
　　　トゥーユー
ハッピー・バースデー
ディア　あきこちゃーん
ハッピー・バースデー

トゥーユー

ローソクの火をけすのは、なおこちゃんでした。なおこちゃんとならんで、あきこちゃんがいるはずです。みえないだけです。

そのあとは、ケーキをきりわけて、みんなでいただきます。実行委員《じっこういいん》が用意《ようい》した、あめやガムのふくろもあけられて、じゆうなおしゃべりの時間《じかん》です。

よしおくんもうれしそうに、ケーキをほおばっています。

よかったなあ――。

「さいごに、あきこちゃんのおとうさんからの、お話《はなし》です。」
司会《しかい》のあやちゃんは、ケーキをたべたあとの口を、ていねいにぬぐってから、会《かい》をすすめました。

——たべながらでいいからね、きいてください。みなさんからのひとこと、ほんとうにうれしくききました。あきこが天国《てんごく》へいってしまって、もう三年にもなるのに、ずっとずっと、いつでもそばにおいてくれてね。あきこはいなくなってしまったのではなくて、こんなにおおぜいのお友《とも》だち、ひとりひとりの中で、生《い》かしてもらっていることを、うれしくおもいました。

ありがとう。ありがとう……——

おとうさんは、そこでことばがつまってしまったようです。しばらく、だまったまま下をむいていたのですが、気をとりなおして、また、ことばをつなぎました。

——去年は、かあさんが、あきこのことをはなさせてもらったよね。ことしは、ぼくもはなさせてもらっていいかな——

とうさんは、ちょっとてれたようにわらってから、みんなからのへんじをまっていました。

「いいよ、いいよ。」

「はなして。」

「いいとも。」

そんな声《こえ》といっしょに、大きな拍手《はくしゅ》です。

——あきこはねえ。生《う》まれたとき、かみの毛《け》のうすい子でねえ。女の子なのにかみの毛がすくなくてってって、ぼくはしんぱいだった。おばあちゃんは、「すぐこくなるから」っていうんだけど……。よその赤ちゃんをみると、ふさふさと、かみの毛の長《なが》い子もいたけれど、

ふわふわって、うぶ毛《げ》のようなものしかない子も何人《なんにん》かみかけて、すこしあんしんしたんだけどね。それからは電車《でんしゃ》にのっても、赤ちゃんのかみの毛ばかりみていた。

かみの毛《け》らしく黒《くろ》いかみになったのは、あんよができるようになったころかな——

ひげがよくにあう、あきこちゃんのおとうさんが、赤《あか》ちゃんのかみの毛《け》ばかりみている、そんなようすがおかしくて、うれしい顔《かお》できいています。

——あきこが赤ちゃんだったころ、よく体《たい》そうをさせてやったなあ。生《う》まれてから四か月めごろだったろうか、日曜日《にちようび》にいっしょにあそんでいたら、おむつがぬれたらしくて、むずがりだしたんでね。とりかえてあげようって、おむつをはずしたら、足をばたばたさせてよろこぶんでね、「あんよ、のびのび」ってさすってやると、キャッ、キャッて、声《こえ》をだしてよろこぶんで、あったかい部屋《へや》だったから、みんなぬがせて、うでもせなかも、体《からだ》じゅうをさすってやったんだ。

かあさんは「かぜをひく」ってしんぱいしたんだが、あきこはごきげん、首《くび》から背中《せなか》までさすってやったら、そのあと、しっかりひるねしてくれてね。

それからでした。あきこの赤《あか》ちゃん体《たい》そうがはじまったのはね。ひざをまげたりのばしたり、うでをあげたりおろしたり、手をたたいたり足をたたいたり「ぞうさん」や「はとぽっぽ」のうたにあわせて、まげたりのばしたり、それは病気《びょうき》になる前《まえ》までつづいてね、妹《いもうと》のなおことならんでするようにもなって、お気にいりの体《たい》そうでした。

そのときのビデオがあるんで、みてくれるかな――

ビデオは、教室《きょうしつ》のビデオ・デッキにセットされて、スイッチがはいりました。

――あきちゃん体《たい》そうの、はじまりです――

ビデオからきこえてきた、おとうさんの声《こえ》です。

赤ちゃんのあきこちゃんが、テレビの画面《がめん》にうつりました。「わあ、か

わいい。」
「ふとってたんだあ。」
ぼくたちみんなのしらない、かわいいあきこちゃんが、そこにうつっていました。もう大よろこびです。

――ぽっ　ぽっ　ぽっ
はと　ぽっぽ――

ねんねしたままのしせいで、う

たにあわせて、ひざをまげたりのばしたり、キャッキャッとよろこぶ声《こえ》と顔《かお》が、うつしだされました。

みんなのところにだって、そんな写真《しゃしん》やビデオがのこっています。じぶんのものともかさなるから、よけいうれしくなっています。

ビデオはそこでとめて、おとうさんの話《はなし》はつづきました。

——あきこはねえ、大工《だいく》さんごっこがだいすきでね。ぼくが日曜大工《にちようだいく》がすきで、のこぎりや、金《かな》づちをつかっていたからね。そばでみていて金づちをほしがって。あぶないから、はじめは木のつちをもたせて、ただ板《いた》をたたかせていたんだが、そのうちに、それではものたりなくなって、くぎをうたせろっていって、ぼくが先《さき》のほうだけうちこんでおいたくぎを、たたかせてね、それだってむずかしいのに、うてるようになって、くぎがぜんぶはいってしまうと、手をたたいてよろこんで。くぎうちであきずにあそんだね。

三さいの夏《なつ》のころには、すっかり上手《じょうず》になって。それでは形《かたち》になるものをつくってみようかって、ぬいぐるみの犬のシロの家《いえ》をつくりました。それもビデオにとってありますので、みてください――

また、スイッチがいれられました。

金《かな》づちをもったあきこちゃんの、しんけんな顔《かお》がでてきました。小さなくぎの頭《あたま》に、金《かな》づちはあてられて、くぎがうちこまれていきます。板《いた》をおさえてやっている、おとうさんの大きな手、くぎが頭《あたま》まではいっていくと、にこっとするあきこちゃん。

シロの家《いえ》にやねがのせられると、できあがりでした。シロの家をひざにだいて、ポーズです。元気《げんき》いっぱいな日の、あきこちゃんでした。

「シロの家《いえ》、うまくできたねー。」

「がんばりやだったんだー」

こんなに元気《げんき》だったのにねえーと、ふーっと、みんなのためいきがもれました。

「ウフ……。」

ぼくのとなりから、はじめて小さなわらい声《ごえ》がきこえてきたのです。すがたはみえません。でもたしかに、ぼくのとなりにいるけはいです。

「あきこちゃんがきているよ。」

ぼくは、みんなにつたえたいのに、ぼくのことばは、音《おと》にはなってくれないのです。だれも、あきこちゃんがきていることには、気《き》がついていません。

おとうさんのお話《はなし》はつづきます。

——ぼくは、ときどき、あきこの夢《ゆめ》をみるんだけどね。きまって、さんぽしている夢なんだ。両手《りょうて》に、あきことなおこの手をとって、ちかくの公園《こうえん》をあるいている。それは一ばんうれしい思《おも》い出《で》だったから、夢にでてくるのかなあって、おもうんだけどね——

そのとき、あきこちゃんが、おとうさんのほうへよっていった。そんなけはいです。あきこちゃん、おとうさんと手をつないでごらん……ぼくは、さけびたいおもいです。

おとうさんは気がつかないまま、話《はなし》をつづけています。

――それからね、かえで病院《びょういん》の病室《びょうしつ》で、こんなこともあったんだよ。

あきこの病気《びょうき》は目にみえて悪《わる》くなるし、ぼくはくやしくていらいらしてね。つまんないことでかあさんにあたって、口げんかをしたことがあったんだけどね。そのころのあきこは、もう目がみえなくなっていたんだが、「おとうさん」とよんで、ぼくの手をにぎってね、「おかあさん」とよんで、かあさんの手をぼくの手にかさねてね、二つの手を、あきこの小さい手が、いつまでもはさんでいてくれたことがあったんだ。

「あきこ、ごめんね。」

ぼくとかあさんは、あきこにあやまって……。そしてぼくは、ごめんねのだっこをしたことがあったんだよ。

あきこは、七さいになったばかりで、お星《ほし》さまになってしまったけれど。ぼくたちのところに生《う》まれてくれて、かぞくがなかよくくらすようにって、そだてていってくれたんだっておもうんだよ。

あきこは、みんなとおなじように、ぼくの心《こころ》の中で大きくなっています。

四年生になっています。

たんじょう会《かい》によんでもらうたびに、あきこはみんなよりそだちおくれていないかなって、それをたしかめたくて、ださせてもらうんです。

きょうもこのあとで「ぼくのひこうき」をみんなでうたってくれるだろ

うけれど、

　ちきゅうを　とびこえて

　どこまでも　いこうよ

ここのところで、いつもあきこの声《こえ》がきこえてくるんだよ。みんなより

ちょっと高《たか》い声《こえ》がめだつんだ。

その声《こえ》がききたくて、きけるのがうれしくて、参加《さんか》させてもらうんです。

ありがとう、ほんとうにありがとう——

おとうさんのお話《はなし》に、みんなじっとききいりました。

かなちゃんが、指《ゆび》さきでそっと涙《なみだ》をふいています。おかあさんのことなど、いろいろとおもいだしていたのでしょう。あきこちゃんが、かなちゃ

んのそばへよっていったようです。……みえないけれどもね。

すこしまをおいてから、おとうさんに、いっぱい手をたたきました。

あやちゃんがまたたって、会《かい》をすすめます。

「おとうさん、ビデオやお話《はなし》、ありがとうございました。うれしいビデオでした。いいお話《はなし》でした。それではこれから、あきこちゃんもいっしょに、みんなで、「ぼくのひこうき」をうたいましょう。」

大空《おおぞら》につばさをひろげて
とんでいく
ぼくたちのゆめのせて
ちきゅうをとびこえて

どこまでもいこうよ
ラ　ラ　みんなと手をとって
さあ、あかるいあしたへ
小さな手をはなれ
今《いま》　たびだつときがきた
さあとんでけ　ぼくのひこうき

あきこちゃんのすきだったうたです。あきこちゃんをおもいだしながらうたう、あったかいうた声《ごえ》が、教室《きょうしつ》にひびきました。よしおくんも、大きく口をあけてうたっていました。

おとうさんは、体《からだ》ぜんたいを耳《みみ》にして、あきこちゃんの声《こえ》を、さがしていました。

おさむくんの「おわりのことば」で、第《だい》三回《かい》の「あきこちゃんのたんじょう会《かい》」はおわりました。

なごりをおしみながら、みんなかえっていきました。おとうさんとおかあさんは、ぼくの手をにぎって、さよならをいってくれました。よしおくんは、ぼくをだきあげて「てっぺい、またくるね」ってほおずりまでしてくれたのです。

あきこちゃん人形《にんぎょう》は、さっそくあやちゃんにかりられて、ぼくひとりになりました。

それでもまだ、ざわめきがのこっています。ぬくもりがのこっている教《きょう》

室《しつ》です。

あきこちゃんは、だれかといっしょにかえっていってしまったのでしょうか。たしかにきていたとおもうのですが、のこっているけはいはありません。

きょねんのように、夜《よる》になってから、もう一度《ど》きてくれるでしょうか……。きてくれるよねと、ぼくはまっています。

教室はもうすっかりくらくなっていました。そのくらやみのなかのまどぎわに、まるいやわらかいあかりがふわふわっとうごいて……そのあかりのなかに、あきこちゃんがいました。

「あきこちゃん。」

「てっぺいくん。」

いっしょによびかけあっていました。

「やっぱりきてたんだ。ずっとたんじょう会《かい》のなかにいてくれたよね。」

ぼくは、せきこむようにききました。

「ウフフ……たのしかったね。」

あきこちゃんの、あの、はにかんだ顔《かお》です。

「ちゃんとすがたをみせればよかったのに。そうしたら、みんなよろこんだのにさ。」

ぼくの声《こえ》は、あきこちゃんをせめていました。

「みせていたのよ。でも、みんなにはみえないのよ。てっぺいくんひとりのときだけみえて、こうしてお話《はなし》もできるのよ。」

あきこちゃんは、きょねんとおなじことをいいました。そうかあ、まあ、人形《にんぎょう》のぼくのことばが声《こえ》になって、あきこちゃんとだけおしゃべりできるのだって、ふしぎなことなんだけどね……。

あきこちゃんはいすをもってくると、ぼくのとなりにならんですわりました。

「あきこの人形《にんぎょう》、かわいかったね。てっぺいくんときょうだいの人形よね。サトパン先生ともきょうだいかな。だって、おとうさんがいっしょだものね。」

あきこちゃんがいいました。

「そうかあ、そうだね。うれしいなあ。」

あきこちゃんとぼくは、おもわずあくしゅをしていました。

「よしおくん、いっしょうけんめいきてくれたのね。」

「あんな大きなダイコン、ぼくはじめてみた。」

「大介《だいすけ》くんの稲《いね》にもびっくりよね。」

「あきこちゃん体《たい》そうかわいかったな。大工《だいく》さんがすきだったなんて、しらなかったよ。」

あきこちゃんとぼくは、たんじょう会《かい》のことを、たのしくはなしあいました。

そのとき、ことんと風《かぜ》がまどをたたいたような気がしました。それをあいずのように、あかりはぽっときえて、あきこちゃんのすがたはもうどこにもありませんでした。

「また、らいねんね――。」

とおくからあきこちゃんの声《こえ》がきこえてきただけでした。

「きてくれてありがとう。またらいねんね――。」

ぼくも、もう声《こえ》にならないことばでまどのむこうへむけていいました。

水木哲平《みずきてっぺい》

●新装版によせて

明子ちゃんから手渡《てわた》されたもの

小児病棟《しょうにびょうとう》の子どもたちに関心《かんしん》を持《も》つようになったのは、今《いま》から二十年前《まえ》。小学校教諭《きょうゆ》の定年退職《ていねんたいしょく》を五年後《ご》にひかえたある日とつぜん、小児がんをわずらう明子《あきこ》ちゃんが、お母《かあ》さんに手を引《ひ》かれて、私《わたし》の前にあらわれたからです。

明子ちゃんは六歳《さい》の少女《しょうじょ》とは思《おも》えない深《ふか》い目の色《いろ》をしていました。私をじっと見つめる顔《かお》は大人《おとな》びて、私を試《ため》しているような窺《うかが》っているような目をしていたのです。私が笑顔《えがお》を向《む》けても動《どう》じず、どこか悲《かな》しそうにも見えました。

この少女、稲岡明子《いなおかあきこ》ちゃんとの出会《であ》いが、それ以降《いこう》の私の生《い》き方《かた》を決定《けってい》づけたのです。

まさに運命的《うんめいてき》な出会いと言《い》ってもいいでしょう。彼女《かのじょ》といっしょに過《す》ごせた期《き》間《かん》は、わずか九か月でしたが、私に、命《いのち》の尊《とうと》さ、はかなさ、そして、生《い》きていることのすばらしさを教《おし》えてくれました。

その彼女が、たった一人《ひとり》で旅立《たびだ》ってしまった――。

悲しさと無力感《むりょくかん》にしずみこんだ後《あと》、私は、病気《びょうき》の子どものことをもっと知《し》りたいと思《おも》うようになったのです。

明子ちゃんのお母さん、育子《いくこ》さんを通《つう》じて、N《エヌ》大学病院《だいがくびょういん》に小児がんの子どもたちの親《おや》の会「げんきの会」があることを知り、全国《ぜんこく》の親たちの会「がんの子どもを守《まも》る会」を知りました。そして在職中《ざいしょくちゅう》から、それらの会に参加《さんか》するようになりました。ボランティアの研修《けんしゅう》も受《う》け、退職したらすぐに、明子ちゃんが入院《にゅういん》していたN《エヌ》大学病院小児病棟で、読《よ》み聞かせボランティアをすると決《き》めていました。

しかし、それは簡単《かんたん》に実現《じつげん》することではなく、念願《ねんがん》がかなうまで、思った以《い》上《じょう》の時間《じかん》がかかりました。その間《あいだ》、親の会のみなさんが、様々《さまざま》な働《はたら》きかけをしてくださって、ようやく読み聞かせボランティアの実現となったのでした。

念願のN《エヌ》大学病院小児病棟での読み聞かせは、退職した年の一〇月から始《はじ》めました。最初《さいしょ》の一年間は、手探《てさぐ》りで、夢中《むちゅう》で過ごしたものですが、仲間《なかま》を得《え》ての読み聞かせボランティアは、今年《ことし》で一五年になりました。また、その後、私立《しりつ》の病院には院内学級《いんないがっきゅう》のないことを知り、一二人の仲間と、同《おな》じN《エヌ》大学病院での学習《がくしゅう》ボランティアを始めて八年になります。

なぜ、読み聞かせなのか――と考《かんが》えると、それは、やっぱり、明子ちゃんと一年二組の二三人の子どもたちとの出会いがあったからなのです。

明子ちゃんとお母さんの二人《ふたり》が奈良県《ならけん》から、板橋区立大山《いたばしくりつおおやま》小学校の学区域《がっくいき》に引《ひ》っ越《こ》してきたのは、高度医療《こうどいりょう》を求《もと》めてN《エヌ》大学病院に入院するためでした。小児がんが彼女の小さな体を蝕《むしば》んでいて、入学時《にゅうがくじ》には、すでに厳《きび》しい状態《じょうたい》でした。その中で、主治医《しゅじい》とご両親《りょうしん》の必死《ひっし》の努力《どりょく》があり、万《まん》が一《いち》の奇跡《きせき》を望《のぞ》んだ周囲《しゅうい》の支《ささ》えがあって、区立小学校への入学が実現しました。

同年代《どうねんだい》の子どもたちとの集団生活《しゅうだんせいかつ》の中で、ひとときでも、生きる喜《よろこ》びを味《あじ》わわせたいというご両親の気持《きも》ちが強《つよ》く伝《つた》わってきました。

そのために、どうしたらいいのか――悩《なや》む私に文学教育《ぶんがくきょういく》を学《まな》ぶ先生たちの会「板橋コロボックルの会」のみんなが、いっしょに考えてくれました。

明子ちゃんを中心《ちゅうしん》においた読み聞かせによって、明子ちゃん自身《じしん》が生きることへの執念《しゅうねん》ともいうべき力を身《み》につけてくれるのではないか――。

楽《たの》しい言葉《ことば》でたくさん遊《あそ》ばせたら、明子ちゃんと、クラスメイト二三人、そして担任《たんにん》の私とが心《こころ》を通《かよ》わせ、結《むす》びあえると思う――。

何《なん》らかのパワーを幼《おさな》い少女に与《あた》えてくれるものが「読み聞かせ」や「ことばのシャワー」なのではないか――。

私にも、それしか、思《おも》い当《あ》たりませんでした。

そして、明子ちゃんの心に寄《よ》り添《そ》いながら、毎日《まいにち》の読み聞かせを続《つづ》けたのです。

明子ちゃんの大好《だいす》きだった本に『こんとあき』（林明子《はやしあきこ》・作）と『ロボット・カミイ』（古田足日《ふるたたるひ》・作　堀内誠一《ほりうちせいいち》・絵）がありました。好きな理由《りゆう》を、明子ちゃんが話《はな》してくれたことがあります。

「『こんとあき』は、わたしのことをかいてくれたみたい。明子はわたしとおなじ名前《なまえ》で、あきもおなじ。さきゅうまちのおばあちゃんも、わたしのおばあちゃん」

「だんボールのカミイは、なみだによわい。でも、つよいところもある。わたしもよわくてつよくて、おなじ」

それに、大好きだったのが「かっぱ」（谷川俊太郎《たにかわしゅんたろう》）の詩《し》です。

夏休《なつやす》みに再発《さいはつ》し入院した明子ちゃんは、二学期《がっき》、病院から直接《ちょくせつ》、学校に通うようになりました。お母さんに抱《だ》かれた状態《じょうたい》でも学校に来《き》たいと、明子ちゃんが強く望《のぞ》んだからでした。

そんなある日、「コロボックルの会」の中心になっていたカッパ先生こと渡辺《わたなべ》増治《ますじ》先生がクラスに見えて、「かっぱ」の授業《じゅぎょう》をされたのです。

明子ちゃんはお母さんのひざの上で授業をうけました。楽しくてたまらないという表情《ひょうじょう》を満面《まんめん》にうかべて、声《こえ》を立てて笑《わら》い、体を揺《ゆ》すり、声に出して読み、歌い、また笑い、精一杯《せいいっぱい》生きている明子ちゃんがそこにいました。

明子ちゃんの背《せ》では、お母さんが目頭《めがしら》を押《お》さえていました。

その後、学校に来られなくなった明子ちゃんの病室《びょうしつ》に、私は読み聞かせに通うようになりました。明子ちゃんは、楽しみに待《ま》っていてくれましたが、病状《びょうじょう》は日《ひ》一日《いちにち》と厳《きび》しくなっていきました。視力《しりょく》を失《うしな》い、言葉も出なくなったのです。

聴《き》くことはできたので、クラスの子たちの声をテープに録音《ろくおん》して聴かせたり、詩をくり返し読み聞かせました。

ある日、私がいつものように自分《じぶん》を勇気《ゆうき》づけるおまじない（病室の前で深呼《しんこ》吸《きゅう》）をして「あっこちゃん、こんにちは！」と明るく笑顔《えがお》でドアを開《あ》けると、いつものように、見えない涼《すず》しげな瞳《ひとみ》がこちらに注《そそ》がれました。と、次《つぎ》の瞬間《しゅんかん》、口をモグモグさせた明子ちゃんから「サ、サ、サ、サ、ト、パ、ン」と、振《ふ》りしぼるような声が発《はっ》せられたのです。

さらには「かっぱ　かっぱらった　かっぱ　らっぱ　かっぱらった　とってちってた」と、「かっぱ」の詩の言葉が、跳《と》びはねるように明子ちゃんの口から飛《と》び出《だ》したのです。

このときの感動《かんどう》は生涯忘《しょうがいわす》れることはできません。今でも思い出すたびに心が震《ふる》えます。お父さん、お母さん、おばあちゃんと私は、手を握《にぎ》りあい「やった、やったあ！」と叫《さけ》びました。

明子ちゃんの意志《いし》が、言葉の障《しょう》がいを打《う》ち破《やぶ》ったのです。このあと、明子ちゃんは再《ふたた》び話ができるようになり、一二月一〇日にお母さんに抱かれてお星さまになるまで、力の限《かぎ》りに生きたのです。

通夜《つや》の空に輝《かがや》くひときわ明るい星を、二三名のクラスメイトたちは「あっこ星《ぼし》」と名《な》づけました。

その中の一人《ひとり》、華子《はなこ》ちゃんが、四年生の時《とき》に書《か》いた文章《ぶんしょう》です。

「(前略《ぜんりゃく》) 明子ちゃんが亡《な》くなったあと、私は明子ちゃんが鳥《とり》になってお空を飛んでいる夢《ゆめ》を何度《なんど》も見続《みつづ》けました。『お母さんに会《あ》いたいよ』と鳴《な》いたり『みんなと遊《あそ》びたいよ』と鳴き続ける夢でした。でもそれが、だんだんお空の中で強く光《ひか》る星になりました。

あれから四年がたちました。私は明子ちゃんが亡くなる前の日まで見えない目で書いてくれたクリスマスカードを今《いま》でも大切《たいせつ》な宝物《たからもの》にしています。私達は明子ちゃんの『たんじょう会』の中で今年《ことし》も、命の重《おも》さを話し合います。」

その「あっこ星」の話をするために、今でもクラスメイトたちは一〇月二八日に集《つど》います。もう大人になったクラスメイトたちは、仕事《しごと》や、遠方《えんぽう》で学生生活《がくせいせいかつ》を送《おく》っていて、かけつけられない時もあります。そんな時は、電話《でんわ》やメールをもらったりもします。

五年前の「たんじょう会」の後、奈苗《ななえ》ちゃんからもらったメールです。

「サトパン、この前は、みんなと会《あ》えて楽しかった？

今日は小児科《か》の授業があったんだけど、『電池《でんち》が切《き》れるまで　子ども病院からのメッセージ』（すずらんの会・編《へん》　角川書店《かどかわしょてん》）というのがとりあげられたよ！

胸《むね》が苦《くる》しくなったよ。小学生の時、明子ちゃんと一緒《いっしょ》にいたときも、もちろん明子ちゃんが辛《つら》い痛《いた》い思いをしてがんばってるんだなって思ってたけど、二一歳になって明子ちゃんのことを思うと、また違《ちが》う感情《かんじょう》があふれるよ！

（中略《ちゅうりゃく》）なんてゆーか、やっぱり辛くて痛い思いをしても頑張《がんば》ってる患者《かんじゃ》さんのそばで何か力になれる存在《そんざい》になりたいって強く思うんだよね！

勉強嫌《べんきょうぎら》いで、いつも挫折《ざせつ》しそうになるけど、こーゆー強い思いがあるから、今頑張れるし、頑張らなきゃいけないって思うんだよね！

サトパンといつか一緒に働《はたら》けるよう、早《はや》くナースになるからね！」

奈苗ちゃんは、その後看護士《かんごし》になり、働きながら、息子《むすこ》を産《う》み育《そだ》てています。

今年も一〇月二八日には、ご両親を囲《かこ》んで、明子ちゃんの「たんじょう会」が開かれるでしょう。

明子ちゃんから手渡されたものを、今年も皆《みな》と考えたいと思っています。

佐藤《さとう》　静子《しずこ》

二〇一二年二月二〇日

参考図書

『ねずみくんのチョッキ』なかえよしを・作　上野紀子・絵（ポプラ社）

『三びきのやぎのがらがらどん』ブラウン，M.・文／絵　瀬田貞二・訳（福音館書店）

『カブトムシ観察事典』構成／文・小田英智　写真・久保秀一（偕成社）

初出

「ぼくのひこうき」風車雪子・作詞

取材協力

東京都板橋区立大山小学校・佐藤静子学級

稲岡武さん　稲岡育子さん

小松原康平さん

天使たちのたんじょう会　**新装版**

2012年3月15日　第1刷発行

作・宮川ひろ

絵・ましませつこ

装丁・コガシワカオリ

発行所　株式会社 童心社

〒112-0011 東京都文京区千石4-6-6

電話 03-5976-4181（代表）03-5976-4402（編集）

印刷・製本　図書印刷株式会社

© 2012 Hiro Miyakawa, Setsuko Mashima

Published by DOSHINSHA printed in Japan

http://www.doshinsha.co.jp

ISBN978-4-494-01339-5

NDC913　20.6 × 15.4cm 176p

＊本書は2000年に小社より刊行された『天使たちのたんじょう会』の新装版です